比武篇
附伴舞抒情诗选

启真馆 出品

文艺复兴译丛

比武篇
附伴舞抒情诗选

〔意〕波利齐亚诺 著

祁玉乐 译

ZHEJIANG UNIVERSITY PRESS
浙江大学出版社
·杭州·

图书在版编目（CIP）数据

比武篇：附伴舞抒情诗选 /（意）波利齐亚诺著；祁玉乐译 . — 杭州：浙江大学出版社，2023.9
（文艺复兴译丛）
ISBN 978-7-308-24070-3

Ⅰ. ①比… Ⅱ. ①波…②祁… Ⅲ. ①诗集－意大利－中世纪 Ⅳ. ①I546.23

中国国家版本馆 CIP 数据核字（2023）第 144020 号

比武篇：附伴舞抒情诗选
［意］波利齐亚诺 著 祁玉乐 译

责任编辑 伏健强

文字编辑 王 军

责任校对 叶 敏

装帧设计 武建合

出版发行 浙江大学出版社
（杭州天目山路 148 号 邮政编码 310007）
（网址：http:// www.zjupress.com）

排 版 北京辰轩文化传媒有限公司

印 刷 北京中科印刷有限公司

开 本 635mm×965mm 1/16

印 张 8.5

字 数 125 千

版 印 次 2023 年 9 月第 1 版 2023 年 9 月第 1 次印刷

书 号 ISBN 978-7-308-24070-3

定 价 59.00 元

译者导读

一　作者生平介绍

波利齐亚诺（Poliziano）本名安杰洛·安布罗吉尼（Angelo Ambrogini），1454年7月14日生于意大利中部的蒙特普尔恰诺（Montepulciano）。波利齐亚诺之名源自该城的拉丁名（Mons Politianus），意思是来自蒙特普尔恰诺的人。他父亲是法学博士，曾担任很多公职，母亲出身于当地名门，两人共生育了五个子女。

当他10岁左右（1464年）的时候，父亲遭仇家报复遇刺身亡，之后他的家庭卷入了复仇等一系列的血债纠纷。这给波利齐亚诺幼小的心灵留下了挥之不去的阴影，虽然他自己没有留下这方面的任何文字，但是往往无声胜有声，一切尽在不言中：不安全感几乎困扰了他一生。从心理上说，他早期进行诗歌创作和学术研究，某种程度上也是为了忘却这些血腥事件。

1469年，他在佛罗伦萨。可以推测在父亲去世后不久，他母亲带着一家人搬迁到了此地，或是他被送到那里以减轻家庭的负担及接受初等教育，希图以后获得美第奇家族的庇护。顺便提一下，他父亲生前曾致信美第奇家族，希望得到保护。这说明他的家族与美第奇家族有着直接或间接的关系。可以肯定的是，在1469年到1474年间，波利齐亚诺在佛罗伦萨接受了最初的教育，这为他日后人文主义思想的形成奠定了基础。他学习了亚里士多德哲学和古希腊语。在他的老师中，对其影响最大的是费奇诺（Marsilio Ficino），此人是美第奇家族的洛伦佐执政时期佛罗伦萨文化界最有权威的泰斗级人物。从这位老师那里他不仅掌握了柏拉图哲学的精髓，而且接受了诗词与哲学互补的理念，即在诗歌的美丽童话外衣下可以窥见对真理探讨的哲学轨迹。

在佛罗伦萨最初的那些年，波利齐亚诺忍受着贫穷的折磨，这在以后他写的拉丁文短诗中时有流露。在其中一首诗中，他要求洛伦佐别只给他赞赏，更重要的是给他衣物。他调侃说，如果穿着露出脚趾的鞋子，别人怎么能知道他有诗歌才华。

波利齐亚诺很早就显露出非凡的才华，而且在艺术上早熟。才进行了一年的正规学习之后，刚满 16 岁他就着手古希腊荷马史诗《伊利亚特》的拉丁文翻译工作。他接续马尔苏皮尼（Carlo Marsuppini）以六步诗的形式完成的第一章，从第二章开始陆续翻译到第五章。1470 年，他把翻译好的《伊利亚特》第二章呈现给洛伦佐，以此作为自己才能的佐证，希望得到这位年轻的佛罗伦萨统治者的赏识和庇护。洛伦佐注意到而且很欣赏他的才华，1473 年底他得以住进洛伦佐的家，并可以在美第奇家族的图书馆阅读。从某种意义上说，这里是当时佛罗伦萨政治和文化生活的中心，也就是说他已跻身于当时的文化精英队伍中。洛伦佐的宫廷更像是朋友聚会的场所，这个圈子里也有唇枪舌剑和摩擦对立，如普尔奇（Luigi Pulci）和佛朗科（Matteo Franco）神父之间的论战，初进社交场的波利齐亚诺却能左右逢源。他对知识如饥似渴，用了两年时间在图书馆读书和听课，并把泰伦提乌斯的名言"关于人文的一切我都应知晓"（humani nil a me alienum puto）作为座右铭。他的兴趣主要在哲学、文本校勘，但首先是诗歌艺术；他能用希腊文、拉丁文和意大利文三种语言写作。在那段时间，他写出了纪念 15 岁就夭折的阿尔比奇家族的少女阿尔别拉（Albiera degli Albizi）的拉丁文挽歌，完成了荷马史诗《伊利亚特》第四章和第五章的拉丁文翻译工作。

从 1475 年起，他担任洛伦佐的秘书和洛伦佐长子皮耶罗的老师，在经济上免除了后顾之忧。为洛伦佐工作占用了他很多时间，工作非常繁重以至于手指常常因书写而疼痛，但他还是有精力从事自己喜欢的事业。在 1473 年到 1478 年间，他用拉丁文和希腊文创作了多首短诗，拉丁文的赞歌和挽歌中最著名的是前面提到的为少女夭折而作的《挽歌》（1473）和《疥疮记》（Sylva in scabiem，最近的研究认为可能是 1478 年以后的作品，因为有一封致洛伦佐请求允许他返回佛罗伦萨的长信）。在 1475 年 1 月 29 日佛罗伦萨比武大赛中，洛伦佐的弟弟朱利亚诺获得胜利，他开始创作《比武篇》（全名《从俊杰朱利亚诺·迪·皮耶罗·德·美第奇比武开始的诗篇》，一般简称《比武篇》）。1476 年至 1477 年间，他还以洛伦佐的名义以书信的方式给阿拉贡的费德里科（那不勒斯国王之子）寄去了诗集（收集了托斯卡纳古代和当代的诗歌）。这项工作虽说是文化交流的内容，但不乏美第奇家族的政治目的。

波利齐亚诺的经济状况越来越稳定，他成了圣保罗教区的司铎，但这个职位并没让他手头有多宽裕。他对向他表示祝贺的人们调侃说，圣保罗（Paulum）连很少的（paulum）回报都没有。后来他成了教区神父和鲜花玛利亚教堂的经师，这才最终站稳了脚跟。正是在这一时期，他着手收集并润色《诙谐警句》（Detti piacevoli）。

在 1478 年的帕奇政变中，洛伦佐的弟弟朱利亚诺遇刺丧生，教皇也将洛伦佐及其支持者逐出教会，那不勒斯费迪南德一世对佛罗伦萨宣战。佛罗伦萨的局势一度很紧张。祸不单行，还暴发了瘟疫。波利齐亚诺写文章声援他的主人，他陪同洛伦佐的妻子和孩子离开佛罗伦萨，辗转于卡法焦洛（Cafaggiolo）和皮斯托亚（Pistoia）两地之间。1479 年 1、2 月间，他和洛伦佐的两个儿子在卡莱吉（Careggi），此时他还负责着对洛伦佐的小儿子乔瓦尼的教育，这个学生就是未来的教皇利奥十世。由于与洛伦佐的妻子克拉丽切·奥尔西尼（Clarice Orsini）在教育子女上的观点不和，他和保护人洛伦佐之间的关系出现了裂痕。1479 年 5 月初，他被赶出卡法焦洛的别墅，事发如此突然，他连最心爱的书籍（培养皮耶罗的教材，荷马、柏拉图、德莫斯特等人的著作）都来不及搬出。他先到卡莱吉躲避，后来洛伦佐将他送去了菲耶索莱（Fiesole）的美第奇庄园。在那里，他用拉丁文翻译了斯多葛派哲学家爱比克泰德的《手册》（Enchiridion），以此在那艰难时刻寻求心灵的慰藉。洛伦佐的妻子在给丈夫的一封信中抱怨了这位家庭教师的种种不是。深层的原因很可能是后者对她两个儿子的教育过分注重人文学科，她认为古希腊语对未来的统治者和教会高级神职人员没有任何用处。可能是为了躲避卷入洛伦佐夫妻之间的纠纷，也或许是因为佛罗伦萨城在教皇和那不勒斯军队的双重威胁下不再安全，波利齐亚诺从 1479 年 12 月起在意大利北方流浪，辗转于威尼斯、维罗纳、帕多瓦，最终落脚在曼图瓦，成了枢机主教贡扎加（Francesco Gonzaga）的座上宾。由于他的名声，在北方各地他都受到了欢迎和优待。他的诗剧《俄耳甫斯》可能正是在曼图瓦为狂欢节的宫廷庆典而作。这期间，他有机会与威尼斯和意大利北方的人文主义者有了接触，在威尼托地区他更多地接触了亚里士多德的学说，特别是《诗学》。他确立起对校勘学的主张，摆脱了菲奇诺的新柏拉图主义注重修辞的束缚，而把重点放在对文本的严格筛选和对语词本身的历史价值的研究上。因此现代评论家布兰卡（Branca）女士称波利齐亚诺是语词上的人文主义者。1480 年 5 月以后，他与洛伦佐言归于好并回到了佛罗伦萨，但不再是美第奇家族亲信团体的成员。

　　回到佛罗伦萨后，他被任命为拉丁语和古希腊语雄辩技巧及诗学的教授，继续担任皮耶罗的家庭教师，而乔瓦尼却不归他教育了。从此以后他享受着丰厚的待遇，至少从 1482 年起，他的佣金每年达 200 弗罗林币（而同事中有的人只有 50 弗罗林），而且逐年加薪。1486 年，他的佣金为 250 弗罗林，而且他还在鲜花玛利亚教堂担任神职而享有俸禄，到此才可以说他进入了小康阶层。1489 年，他的佣金为 300 弗罗林，1491 年至 1494 年为 450 弗罗林。今非昔比，他住进了圣保罗修道院，不久洛伦佐又送给他一个离菲耶索莱的美第奇庄园不远的小别墅，此举表示这位君主已经对波利齐亚诺尽释前嫌。他终于可以全身心地致力于教学和文献研究工作了。

　　1480 年以后，他开始致力于讲课和出版自己的作品。他先后教授了昆体良的《雄辩术》、斯塔提乌斯的《诗林》（他最在意的诗集都以此命名）、奥维德的《岁时记》、维吉尔的《牧歌》和《农事诗》、忒奥克里托斯（Theocritus）的《田园诗》、伊索寓言、贺拉斯的《讽刺诗》、荷马史诗《伊利亚特》等。先后出版了模仿维吉尔风格的诗集《女巫曼托》（Manto，1482）、模仿维吉尔牧歌的《田园诗集》（Rusticus，1483）、模仿荷马史诗的《安布拉》（Ambra，1485）、模仿多种古希腊和拉丁风格的《养母颂》（Nutricia，1486）。1483 年，他与著名人文学者乔瓦尼·皮科·德拉·米兰多拉（Giovanni Pico della Mirandola）书信往来频繁。1484 年，他作为佛罗伦萨外交使团成员前往罗马庆祝英诺森八世教皇上任（洛伦佐乘机将女儿玛德琳娜嫁给了教皇的儿子），此行使他有机会阅读梵蒂冈图书馆的书籍，也许他还成功将一些书带回了佛罗伦萨。同年他还陪同洛伦佐去了比萨，这期间他开始研究数学，足见其兴趣的广泛和知识面的宽广。1488 年 5 月，他又跟随皮耶罗前往罗马，由于这次没有公务，他能够专心在梵蒂冈图书馆阅读各种手稿。7 月 30 日，洛伦佐的妻子克拉丽切去世，他终于有机会回到洛伦佐家里。最晚在 1490 年 10 月以后，他是美第奇家族图书馆的负责人。他一生的个人藏书很有限，特别是与皮科的上千本藏书相比。这一方面是因为职务之便，他可以自由地借阅公共和私人图书馆的藏书（如圣马可图书馆）；另一方面也多少反映了他在经济上不甚宽裕。此时，由于洛伦佐的斡旋，因言论被教皇判刑的皮科得以释放，从法国来到了佛罗伦萨，他的到来使波利齐亚诺能够有机会阅读其藏书。波利齐亚诺还有机会接触来到佛罗伦萨的乌古莱蒂（Ugoletti），后者曾遍游欧洲，为匈牙利国王搜寻和购置珍本书籍。1489 年，他出版了《校勘论文集》（*Miscellanea*）的前一百章，涉及内容庞杂，注重的是文本校勘的方法和文字意义在历史中的演变。同一年，他开始了与人文学者马鲁洛（Michele Marullo）的论战。

　　在 1490 年至 1491 学年里，他开始讲授亚里士多德学说（《伦理学》和《物理学》），正是对亚里士多德体系的全面了解，进一步巩固了他以逻辑推理进行研究的校勘方法。1491 年 6 月初，受洛伦佐之托，他与皮科一道前往博洛尼亚、费拉拉、帕多瓦和威尼斯，负责搜集书籍和抄写手稿，同时为佛罗伦萨大学网罗人才。他满载而归，带回三十多本书，其中包括阿基米德的论著。1492 年出版散文集《妖魔拉米娅》（*Lamia*），1494 年出版《俗语集》（*Cose vulgari*）。

　　波利齐亚诺现在应该满足了：文人墨客敬仰他，他的名声甚至已远播国外。此时功成名就的他与离开故土蒙特普尔恰诺时相比简直是脱胎换骨了。但是洛伦佐的去世（1492 年 4 月 8 日）使一切又都回到了原点，尽管继任的统治者皮耶罗曾经是他的学生，但他似乎又陷入了经济上不稳定的状态。这使他不得不转向教会谋求职位，甚至甘愿离开佛罗伦萨。最理想的职位莫过于梵蒂冈图书馆的管理职位，早在 1484 年他就表示过希望得到这个职位，因为比经济原因更重要的是能够有机会阅读珍藏孤本和手稿。虽然米兰大公为他说情推荐，但他最终没能得到这个职位——新教皇亚历山大六世把这个职位赐给了一位西班牙主教。

在生命的最后几年，虽然生活并不安宁，但是他仍然笔耕不辍。《校勘论文集》的出版给他带来荣誉的同时，也招来了嫉妒和论战。争吵不休似乎是人文主义者一贯的风格，特别是波利齐亚诺取得的成就让他木秀于林，自然成了众矢之的。他对文献校勘的方法令很多人不适，而他本人也绝不是主动退让善罢甘休的等闲之辈。其中还有一段个人的感情挫折，他迷恋上了漂亮博学的亚历桑德拉·斯卡拉（Alessandra Scala），而她的父亲却是与他针锋相对的老对手（他们之间的论战可追溯到1479年），她本人后来嫁给了前面提到的冤家对头马鲁洛。他格外忙碌：一方面忙于应付与其他人的学术论战，其中不乏间接的政治原因，因为从某种意义上说，攻击他就等于挑战美第奇家族的权威；另一方面他仍致力于文献的校勘整理工作，尽量澄清对自己主张的误解，着手出版《校勘论文集》第二集，潜心研究收藏在维奇奥宫的那些来自比萨的古代手稿。他把校勘法看作通过语词抵达事物本质的哲学，是研究人类发展的补充历史。他认为校勘学比哲学更具有普遍意义，哲学热衷知识，而任何知识都需要语词来传达，因而校勘学才是人文科学的翘楚。如果人与世界有某种纽带（copula）关系，那么语词才是人与人之间沟通的纽带。

1494年9月28或29日，波利齐亚诺死于佛罗伦萨，年仅40岁，葬于圣马可教堂墓地。关于他的死也有种种疑团，有人怀疑他是被人下毒而死。几年前博洛尼亚大学的一个团队对诗人的尸骨进行了检测，结果显示剧毒砷元素的含量很高，似乎证明了这一猜测。随着他的去世，美第奇家族周围的重量级文人也都先后离世，一个文化的巅峰高潮宣告结束。波利齐亚诺是文艺复兴时期著名的诗词大家、视角独特的敏锐学者和坚定不移的人文主义者，他还是无可争议的现代校勘学的开山鼻祖。他对古典文学作品的解读为后世的研究奠定了基础，他的诗文对后世的阿里奥斯托和塔索很有影响，是意大利乃至欧洲最有影响的诗人之一。

二 《比武篇》介绍

首先要简短介绍一下波利齐亚诺的艺术主张。在行文风格上他反对同时代的科尔泰塞（Paolo Cortese）的主张，即生搬硬套地照搬西塞罗等人的古罗马风格，提倡更自由更个性化地将多种风格兼收并用。他不反对模仿，但认为推陈出新才是模仿的目的。他在作品中充分利用古代文人的佳句妙语，很多模仿语句见诸他的诗作中，但这并不妨碍他创造出一种全新的文风。正如文艺复兴运动本身虽然名义上是复兴古希腊和古罗马的文化艺术，但是结果却开创了西方文明的新纪元。他博学多才，在诗文中大量用典和旁征博引，可以用希腊文、拉丁文和意大利文三种语言写作。他主张博采众家之长的综合风格（docta varietas），他自己的文学创作就是在大量阅读前人佳作的基础上自如地写出所要表达的意境。一部作品犹如多种风格的马赛克，不同风格的各个局部组成融为一体的整体。仅在他的作品《比武篇》里，欧美读者就会在字里行间回想起西方文学史上诸多巨匠的经典名句：荷马、赫西俄德、萨福、维吉尔、贺拉斯、昆体良、奥维德、塞涅卡、西塞罗、卡图卢斯、阿普列尤斯、克劳狄安等，以及文艺复兴初期的大师们，如但丁、彼特拉克、薄伽丘、普尔奇及温柔诗派的代表等。但这绝不意味着因循守旧，而是推陈出新。用他自己的话说就是，不做机械模仿的猴子，而做博采众家之长的蜜蜂。在诗歌创作上，他主张诗句应该清新如水，深入浅出，耐人寻味，每个字词在整体中都有不可替代的结构意义。

　　《比武篇》被公认为波利齐亚诺的杰作，1494 年首次出版。作品为祝贺美第奇家族的朱利亚诺在佛罗伦萨圣十字广场的比武胜利而作，写作时间大约在 1475 年 1 月 29 日到 1478 年 4 月 26 日之间。这两个日期分别是朱利亚诺比武获胜和他遇刺身亡之日。诗中的女主人公西莫奈塔·卡塔内奥（Simonetta Cattaneo）于 1476 年 4 月 26 日离开了人世，以此推测第二章应在 1476 年 4 月以后写成，因为文中暗示了她的夭折。而为这位美人参加比武的朱利亚诺本人也在 1478 年 4 月 26 日的帕奇阴谋（企图推翻美第奇统治的事变）中遇刺身亡。这一对情人的祭日恰巧都是 4 月 26 日，好像冥冥中成全了恋人之间"但愿同年同月同日死"的山盟海誓，虽然相差两年时间。诗人很可能匆匆搁笔，因为第二章很短，显然没有完成。两位主人公的意外离世，让诗人从作诗填词的劳苦中解脱出来。作者原计划是否想写一部结构精巧的鸿篇巨制，我们不得而知；现存文本肯定让读者略有意犹未尽的遗憾。不管怎样，波利齐亚诺因《比武篇》成了这类骑士美人长诗的集大成者阿里奥斯托和塔索的楷模和先驱。

　　现在来看一下诗篇的内容。按照当时的习惯，开篇先是祈祷神灵（爱神）和说明诗篇献给的对象（美第奇家族的洛伦佐），请求希腊英雄阿喀琉斯的英灵原谅，因为要歌颂洛伦佐的弟弟，他不得不暂时停止《伊利亚特》的翻译工作。年轻英俊的尤利奥（即朱利亚诺的拉丁化名字）过着无忧无虑的生活（借他之口，诗人大段地描述理想的田园生活），只关心打猎和艺术，却无视情感生活，甚至嘲笑那些为爱情所困的人。爱神丘比特对此很恼火，决定报复他。一天尤利奥和伙伴们围猎，他骑马追捕一头小鹿追到了一处草坪，小鹿在他眼前化作了一位美貌非凡的女子，尤利奥立刻爱上了她。其实这是爱神作弄他的把戏，他的心已被丘比特的金箭射中，成了爱情的俘虏。少女告知她是凡间女子西莫奈塔后就马上离去了，留下尤利奥对她深深怀念，被爱情折磨得肝肠寸断。丘比特对他报复得逞，得意地飞回到母亲维纳斯的王国。这里有一大段对维纳斯天宫的浓墨重彩的描述，特别是对宫殿大门上各个图案的描述。实际上这是借题发挥，借此复述从古到今西方最脍炙人口的爱情神话和传说。维纳斯与爱神开始对话，至此结束了第一章。在第二章有限的篇幅里，丘比特对母亲维纳斯讲述让尤利奥爱上了西莫奈塔，接着一通赞美美第奇家族，特别是洛伦佐对卢克莱奇娅·多纳蒂（Lucrezia Donati）的深情和忠诚。维纳斯很高兴，决定让尤利奥在佛罗伦萨比武场上为爱情而战。她把小爱神们派到佛罗伦萨去，让他们在睡梦中的年轻人胸中燃起激情的火焰和为情而战的斗志。同时派帕西泰娅（美惠三女神之一）去她丈夫睡神那里转达命令，让他通过梦境引导尤利奥去比武。黎明前尤利奥在梦中见到爱神引导他去见光荣女神，女神让他穿上密涅瓦的铠甲去赢得胜利。他的喜悦却因西莫奈塔夭折的预兆蒙上了阴影，爱神激励尤利奥，说命运女神是人类命运的主宰，但是高尚情操可以与命运抗衡。醒来之后尤利奥向密涅瓦、光荣女神和爱神发誓凭借他们的护佑去参加比武。

　　如前所说，这虽然是一部未完成的作品，但是诗人所倡导的博采众家之长的综合风格得到了充分的体现。在《比武篇》中，诸多的诗歌技巧得到了淋漓尽致的运用，如对称配列、平行叠句、寓意隐喻、象征拟人等等，不胜枚举。这部作品之所以在意大利文学史上有一席之地，其原因之一是它很像是一部关于诗艺的百科全书。另外，选择用意大利俗语写作有着文化上的明确意义，即接受宫廷诗歌和温柔诗派的新文学传统，首先是薄伽丘和彼特拉克的诗文风格，并且把这个传统与希腊罗马时期的古典风格融会贯通。这部诗篇结构复杂风格多变，成功地打破了骑士文学叙事方式的成规戒律。叙事手法表面平铺直叙，像是电影的若干特写镜头组合，实际效果却跌宕起伏，通过隐喻的主线逐步引导读者达到神话传说形象的唯美境界。诗篇虽然名为比武，但是几乎没有关于比武的描述，读起来反而更像是赞美诗。在描述了一个动荡的围猎场面之后，整诗结束于对尤利奥与西莫奈塔的爱情场面和美神维纳斯的温柔仙境的简短描写。整体来看，对人间田园的向往混合着神话气氛的轻盈，一切都被一束超自然的几乎静止的光芒照耀，一派春天妩媚怡人的景色中透露出典雅的品味。永恒的春天和永恒的青春格调充满了幻想的成分，营造出一个纯粹的诗意远方。但是仔细观察可以发现，在这个理想化的世界里也不缺少对时间流逝的敏锐察觉，在豪放的抒情中有时笼罩着某种不安的预感。

诗篇中采用了大量的典故和多种诗体风格，从维吉尔和奥维德到斯塔修和克劳迪安等白银时期（公元14—200年）的拉丁诗人，到14世纪的但丁、彼特拉克和薄伽丘，到温柔诗派及其他15世纪的民歌，直至普尔奇（《海市蜃楼》和《比武》）及美第奇家族的洛伦佐的诗句，可以说应有尽有。他旁征博引，并得心应手地将各种风格汇集在一起，和谐地融为一体。这就是这部伟大诗作的奇迹，也是这部作品备受推崇的原因所在。诗人好像有意让这个各种语汇的混合体发酵，在他的掌控下变得更加生动活泼。文学语言在这里被用到了极致，虽然作者刻意摒弃粗俗的民间和市井语汇，但是文中还是有着明显的托斯卡纳方言的味道。诗人大量运用动词原形，使读者感觉是一种永恒的现实呈现在眼前，几乎超越了时间。从表面上看，句法似乎朴素无华甚至很直白，而（在意大利的语境中）实际效果却非常雅致，这也正是波利齐亚诺艺术的精华所在，有一种出乎意料的句法结构上的简洁：貌似通俗的语言表达显得直截了当，细心品味却发现其实隐含着巧妙的迂回曲折。

诗中除了一般诗歌所用的比喻描述，还充满了很多特写中的隐喻，整个诗篇的结构很可能就隐藏在一系列隐喻的细节中。如诗中的小鹿是通往真理的艰难修炼历程的象征，维纳斯的王国象征着基督教的天堂，喻指人生的最高境界是精神世界等。贞女密涅瓦的铠甲象征着冷静的理智战胜情欲的冲动，寓意高尚的情怀。尤利奥参加比武不仅仅是为了获得西莫奈塔的芳心，更重要的是获得永恒的荣誉。这正是新柏拉图主义对爱的诠释，即通过对人间爱的思考来追求神圣爱的崇高境界。同时也表达了人文主义者的理想（爱情与荣誉、美德与美貌、名誉与诗意等）与主宰现实世界的力量（机遇、运气和死亡）之间的对立和无奈。通篇为我们呈现出一个春意盎然的世界：各个细节的描述（波利齐亚诺诗艺最成功之处）连接在一起让读者在脑海中幻想出一个整体的画面。诗人沿用了彼特拉克等人所采用的色彩描绘，如色调的安排从轻淡到浓重，从白色到黄色到红色。在语音上运用首语重复、对称排比及同一行诗中的叠韵等技巧。可以说他更注重微观上的统一，貌似是细节的堆砌，实际上是整体结构的精巧设计，耐人寻味。由于波利齐亚诺的诗歌艺术强调对称中的细微变化，这种对形式美的特殊敏感和品味不断地给细心的（意大利语）读者以意想不到的惊喜。

这部作品通篇由八行诗组成，第一章共有 125 首，第二章 46 首。每句为十一音节，第一至六句隔行押韵，最后两句联韵：就是说一三五行同韵，二四六行同韵，然后七八两句换韵（字母表示为 ABABABCC）。诗的特点是每两行诗为一组对句，每首四组对句。

由于语法和语音上的差异，原诗的风格很难在中文里等效体现，我在翻译中只能尽力而为，更无法完全达到中文诗句的对仗工整。我尽量模仿原诗押韵，但是有些地方也只能考虑用谐韵，甚至必要时放弃押韵来传达原意，否则会因小失大。从每行诗来看，因为中文传统诗词中五言和七言远远胜过其他长短的句式，十一个字的确是比较尴尬的字数，很难保证在节奏上的统一（如音节上词组分为四字 / 三字 / 四字，五字 / 三字 / 三字或其他组词节奏）。从每个字来看，中外文长短上有很大差异，翻译中字数的取舍也难免顾此失彼。非常棘手的问题之一是人名和地名的翻译，特别是涉及古代神话部分的专有名词。由于意大利语和古希腊语及拉丁语之间的差别，翻译中既要照顾字句的节奏，又要兼顾通译的习惯，很难做到两全其美：很多情况下不得不依靠注解来补充说明。我赞同前辈钱鸿嘉先生的翻译方法（参阅钱鸿嘉译《意大利诗选》，上海译文出版社 1987 年版），即为了保持原意而不拘字数限制，用自由体翻译，以求诗言志的畅快；但是我更欣赏我的老师王军教授的翻译榜样（参阅王军译《疯狂的罗兰》，浙江大学出版社 2017 年版），按照一定的中文格律翻译外文诗作，因为诗歌最终还得体现在节奏和韵律的形式上。用中文模仿外文诗体，直观上肯定显得矫揉造作有失真率，读起来也难免艰涩，甚至会有适得其反的效果。尽管如此，我最终还是选择了给自己小鞋穿，尝试一下能否在字数和韵脚的限制内去尽量展现外文诗的内容和形式。这是我第一次尝试翻译长诗，深知可能是失败的尝试，但是值得为这样一部西方文学名篇去冒险。一个人的学识和能力有限，我深知翻译很难传达原文语境中的神韵，诗歌意境在两种语言转换中很可能"差之分毫，失之千里"，缺陷和谬误在所难免，但是若能以此尝试引出更好的译本问世，或是能对文艺复兴时期的文化研究提供点滴参考，我也就心满意足了。

最后我还想提的是，《比武篇》文风的另一大特点就是——用今天的话来说——很有画面感。如果读者感兴趣的话，可以参看波利齐亚诺同时代的画家波提切利的名画，如《维纳斯的诞生》《春》《维纳斯与马尔斯》等，这有助于想象文中的诗情画意。诗人和画家都是美第奇家族洛伦佐的门客，而且两人是朋友，意大利评论界普遍认为波提切利的很多名画的创作灵感正是源于波利齐亚诺的诗作。而且诗篇中的男女主人公，朱利亚诺和西莫奈塔的形象对中国读者来说应该不陌生，因为上述三幅名画有两幅出现了朱利亚诺的形象，《春》中的墨丘利和《维纳斯与马尔斯》中睡去的战神，每幅画都有西莫奈塔的形象，她是维纳斯和《春》中美惠三女神的模特。这位当时在佛罗伦萨号称貌美无双的少妇在世仅 23 年就不幸夭折了，留下的却是世界上最美好的艺术形象之一。当然关于她本人的真实容貌也有人提出质疑，认为很可能是暗恋她的画家将她理想化了。这也不足为奇，我们不是常说情人眼里出西施吗？她丈夫的家族也出了一位闻名天下的人物，即商人和航海家亚美利哥·韦斯普奇，美洲大陆的命名亚美利加（America）正是用了他的名字（Amerigo）。

三　伴舞抒情诗介绍

伴舞抒情诗（canzone a ballo）是一种古代的诗歌体裁，大约在 13 世纪中期出现于佛罗伦萨和博洛尼亚等地，最初是且歌且舞的形式，其组成在文字上是与某一迭句关联的一个或多个诗节。文艺复兴时期的温柔派诗人们喜欢采用这种写作形式，集大成者是彼特拉克。

与《比武篇》相比，波利齐亚诺写的这类诗歌文字更加口语化，内容也更加平民化。这些诗作有些可能是作者年轻时期的作品，而我们所读到的则很可能是作者一生中随时间不断地修改润色的成果。在这类诗里没有了前者对典故的旁征博引，但是与之一致的是对爱情、美貌的歌颂，对青春的礼赞及对其短暂的叹息，甚至第 106 首第 19 行与《比武篇》第一章的第 46 首第 2 行竟是同一诗句。第 103 首和第 106 首的女主人公伊珀丽塔·莱翁奇尼（Ippolita Leoncini）是大约出生于 1468 年或更早一点的真实历史人物：这位来自普拉托城的年轻女子，有着迷人的美丽歌喉。如果说《比武篇》中歌颂的大家闺秀西莫奈塔略带几分圣洁和神秘的距离感，那么这里的小家碧玉伊珀丽塔则更亲切和富有人情味。诗人不惜笔墨歌颂她是否因为自己也暗藏几分爱意，我们不得而知。但是他写下了"谁想知道天堂是什么模样，请看我那伊珀丽塔的双眸"，如果不是深深地坠入爱河又怎么能写出这样的诗句？

在波利齐亚诺的这类作品中也不乏杰作，如著名的第 102 首（"姑娘们，我在一个美丽清晨／置身五月中旬葱郁的花园"）是诗人上乘之作中的绝对精品。玫瑰花的主题对应着《比武篇》第一章第 78 首，开头的几行（开花的花园、春季和花环）对应着《比武篇》第一章第 43、47、55 首。诗人巧妙地把两个古代素材糅合起来：一个是根据神话传说展开的古希腊故事，说的是美神维纳斯选用玫瑰花打扮自己后与天后赫拉和智慧女神密涅瓦一道去让特洛伊王子帕里斯评判她们中谁最美；另一个是在《比武篇》中已经模仿过的无名氏的歌颂玫瑰的拉丁诗。这首诗的特点是天真烂漫，淋漓尽致地描述年轻女子第一次面对陌生世界的惊奇心态，背景描述烘托出天真单纯的神奇效果。叙述无可置疑是用女子的口吻，这是典型的波利齐亚诺塑造女性形象的手法。借用向女伴们讲述的方式使采摘玫瑰的邀请更加私密真切，原文中"采摘"一词在每个诗节中都重复一遍，使这一动作逐步向更高的境界过渡，使抓住时机（carpe diem）的动作在一般民谣中的直白得以提升到某种人生哲理的格调，似有唐诗"花开堪折直须折，莫待无花空折枝"的意境。第103首（"有那么一天我独自一个人"）的格调略微低一点，这是与上一首诗对应的男子的表述，色调和氛围很相似，只是改变了关注点，以捕鸟取代了采花。第122首（"欢迎你五月"）是很著名的一首，描述佛罗伦萨五月节的欢乐气氛，同时感叹青春易逝和容颜易老，七音节的节奏似乎在催促人们"行乐须及春"。在这些抒情诗中还有很多轻松调侃的小诗也堪称佳作，如第121首（"我的女人们，你们不知道／我多痛苦如那神父"）是意大利语白话小诗中的精品，堪称一幅令人回味的乡村民俗速写；第119首（"曾几何时，我感到万分沮丧"）也毫不逊色，把情场失败者的沮丧心情描绘得颇为传神。虽然诗歌形式转换成民俗的格调，但是波利齐亚诺在技巧的运用上依然得心应手：诗歌一首接着一首，令人目不暇接。第120首（"大家都唱，那我也唱"）就好像是民间谚语集，在语调和节奏上都有独到之处，不同凡响，原文结尾处干脆用纯单音节（fa' da te ch' i' non ci fo），可谓一鸣惊人。第114首（"一个老妇对我调情"）也是佳作，这个典型形象虽然早已进入了意大利俗语文学的传统，但是诗人近乎是表现派手法的细节刻画（她的乳房松弛空荡／看似晃荡蜘蛛垂网。／双腿光秃没有汗毛，／大腹低垂如系围裙）使这一形象更加生动鲜明，呼之欲出。

　　本书选译的伴舞抒情诗摘自韵律诗集中第102首到第124首，作为《比武篇》的补充或对比内容，以期从另一个角度欣赏波利齐亚诺的诗艺成就。翻译只保留了原文中的大致格式，而原诗的韵脚（如XX，ABABBX 的主格律）完全放弃了，音节（如十一音节、八音节或

七音节）在翻译中也只求保持大致的原有形式。如此选择是因为：首
先，这类诗更通俗自由，允许在一个诗节中句子有长有短；其次，在
尽量忠实于原文的前提下，根据理解只注重语气和口吻而不拘泥于与
中文风马牛不相及的原诗音韵，有助于中文表达更加准确详尽。

附录:《比武篇》历史版本

原书题名为 *Stanze cominciate per la giostra del magnifico Giuliano di Piero
de'Medici*

L'Editio princeps delle cose volgare, Bologna, Platone de'Benedetti, 1494

Tizzone Gaetano di Pofi, Venezia, Giacomo da Lecco, 1526

L'edizione aldina, 1541

Il manoscritto Riccardiano, 1576

V. Nannucci, Firenze, Magheri, 1812

G. Carducci, Firenze, Barbèra, 1863（seconda edizione Bologna,
    Zanichelli, 1912）

M. Bontempelli, Il Poliziano, *il Magnifico*, *lirici del Quattrocento*, Firenze,
    Sansoni, 1910

A. Momigliano, Torino, UTET, 1921

E. Rho, *Rispetti*, *ballate e rime varie e Le stanze per la giostra*, *L'Orfeo*,
    Milano, Signorelli, 1927

G. De Robertis, Firenze, Le Monnier, 1932

G. Trombadori, Milano, Vallardi, 1933

V. Pernicone, *Stanze cominciate per la giostra di Giuliano de'Medici*,
    Torino, Loescher-Chiantore, 1954

G. Ghinassi, *Il volgare letterario nel Quattrocento e le Stanze del
    Poliziano*, Firenze Le Monnier, 1957

M. Martelli, Alpignano, Tallone, 1979

S. Marconi, Milano, Feltrinelli, 1981

S. Carrai, *Stanze*, *Fabula di Orfeo*, Milano, Mursia, 1988

此次翻译依据的版本：

Poliziano, *Stanze*, *Orfeo*, *Rime*, Garzanti I grandi libri, Milano, I edizione 1992, IX edizione 2015

目　录

从俊杰朱利亚诺·迪·皮耶罗·德·美第奇比武开始的诗篇

第一章

1

激烈的比武和奢华的排场 [1]，

张弛有度左右着 [2] 那座高冷

托斯卡纳人的城 [3]，还有照亮

第三重天女神 [4] 的冷酷权能，

及对丰功伟绩 [5] 的嘉奖赞赏，

无畏 [6] 勇气驱使我吟唱颂称，

让那伟大英名和非凡业绩

运气、死亡、时间都无法掩蔽。

2

俊美神灵啊 [7] 通过双眼燃起

心中爱欲同时又一腔愁结，

你享受人间无数哀叹哭泣，

滋养灵魂却报以甜蜜毒液，

你目光所及一切变得优异，

你胸中却容不得半点淫邪；

爱神，我一直对你忠诚恭敬，

请屈尊眷顾我低下的才情。

---

[1] 指比赛前列队入场的武士及其随从的盛大场面。

[2] 形容控制着人们的情绪。

[3] 指佛罗伦萨城。

[4] 即美神维纳斯。

[5] 此处指比武胜利。

[6] 因为要赞颂上面五行所述的内容，诗人还是有点担心力不从心。

[7] 爱神丘比特。

3

请帮助我托举这沉重负担，
爱神，请你指点我口才手笔，
你是崇高伟业[1]的起始终端，
愿我祈祷不白费，荣誉归你；
说吧，主人，你用怎样的手段
俘获托斯卡纳武士[2]的情意，
这伊特鲁里亚[3]莱达[4]的次子，
什么网才能捕获珍奇如此。

4

高贵的桂树呀[5]，在你遮护下
翡冷翠城幸福地安享太平[6]，
狂风或恶劣天气都不惧怕
哪怕是宙斯最狰狞的表情，
在你神圣树荫下敬请听那
谦卑颤抖诚惶诚恐的声音[7]；
我所有夙愿的起始和终结
全都仰仗你那馨香的树叶。

5

哎呀，难道非得用更高音符[8]
运气才不对才思横加阻碍，

---

[1] 即诗歌。
[2] 朱利亚诺，即在诗中发音被拉丁化的尤利奥。
[3] 古代泛指意大利中部地区，此处指托斯卡纳。
[4] 通译勒达，神话中双子星兄弟和海伦的母亲，这里指卢克莱西亚·托纳伯尼，洛伦佐和朱利亚诺的母亲。
[5] 洛伦佐名字的缩略形式与桂树同音，也指荣誉。
[6] 指1474年为庆祝佛罗伦萨与米兰和威尼斯签署的和平条约而举行的比武庆典。
[7] 诗人自己的声音。
[8] 用更高的音调和更加努力完成的作品。

支配肢体的精神，不由自主
尊崇你从摇篮起与生俱来，
扬美名从努米蒂 [1] 直到牧夫 [2]，
从印第 [3] 到天空变暗的大海 [4]，
是否巢穴搬到你神树高阁，
哑嗓笨鸟 [5] 能变成洁白天鹅 [6]?

6

我既渴望又害怕承担重任 [7]，
意愿翅膀却早被牢牢束缚，
暂先歌颂你那位光荣兄弟，
他再次将战利品慷慨献出。
显赫血统因棕榈又增光辉 [8]：
我须在尘埃之中 [9] 奋笔疾书。
爱神，请你帮助我开启诗行，
让低微心灵也能展翅飞翔。

7

如果在凡尘声誉并非虚构，
对莱达的女儿 [10]，神圣阿基莱 [11]，
即使你躯体进入坟墓以后，

---

[1] 古代北非地区，此处泛指南方。

[2] 指靠近北极星的牧夫星座。

[3] 泛指东方。

[4] 太阳西落的地方。这两句的意思是从南到北，从东到西。

[5] 古代对鹅的称呼。

[6] 天鹅以绝唱著称。这句的意思是从一个低俗的诗人变成高雅的诗人。

[7] 指歌颂洛伦佐。

[8] 指美第奇家族第二次比武胜利，第一次胜利由洛伦佐于 1469 年获得。

[9] 在比武场中。

[10] 即美人海伦。

[11] 通译阿喀琉斯，传说这位英雄与美人海伦在一个海岛成婚。

依旧燃烧生前那一腔恋爱，
让更高调的喇叭[1]暂时停奏。
在意大利我曾经一路吹来[2]，
调准琴弦准备好新的赞颂，
我要歌颂尤利奥爱情武功[3]。

8

在他快活无忧的青葱岁月，
脸上刚刚长出最初的绒花[4]，
俊美的尤利奥还不曾领略
苦乐参半恼人的爱情促狭，
尽情享受自在的平静岁月；
经常驾驭刚烈的高昂骏马，
炫耀驱赶西西里牛羊畜群，
纵马驰骋好似能追风腾云：

9

时而他纵马跳跃敏捷如豹，
时而又灵巧旋转原地画圈；
时而射箭柔韧中带着呼啸，
中伤野兽发出那嚎叫哀怨。
健壮后生就这般自在逍遥；
怎料到未来命运悲惨辛酸[5]，
更料不到他也会悲伤痛哭，
对着苦熬恋人还极尽挖苦。

[1] 喇叭在拉丁文中有诗人吟唱的寓意，此处指古希腊诗人荷马。
[2] 喻指诗人正在用拉丁文翻译《伊利亚特》。
[3] 这段大意是：如果是真的，你阿喀琉斯在死后还热恋着海伦，请允许我暂时放下赞颂你功绩的荷马史诗的翻译工作，帮助我先来歌颂尤利奥的爱情和武功。
[4] 比喻初长的胡须。
[5] 暗示后来的情感挫折。

10

啊，多少女郎为他长吁短叹！
可年轻人却总是如此傲慢，
对爱慕他的少女从不就范，
冷酷胸膛亦从未柔情温暖。
经常神出鬼没于荒野林间，
不修边幅且面相十足野蛮；
只为了免受阳光直射脸上，
松枝山毛榉胡乱缠绕头上。

11

待到天空中群星闪闪出现，
回转宫中他总是兴高采烈；
九姐妹 [1] 前呼后拥将他陪伴，
借助天籁诗篇他纵情宣泄，
唤醒那远古情怀万丈火焰
借歌咏在胸膛中燃烧不灭；
如此呼唤着人间肉体之爱，
在缪斯、狄亚娜 [2] 间悠然自在。

12

如若在那令人茫然的迷宫 [3]
见到痴心情种彷徨的形影，
内心痛苦不堪且面带愁容，
苦苦追寻心仪人行踪靓影，
一门心思被爱神困于情中，

---

[1]　九位掌管艺术的缪斯女神。
[2]　指他热爱艺术和打猎。
[3]　指陷入爱情的迷茫。

望眼欲穿只渴求两束圣灵 [1]
挣扎在爱欲的促狭夹板里，
尤利奥就投去尖刻的刺讥：

13
"可怜虫，快赶走胸中的迷茫，
它让你魂不守舍委曲讨好；
别再为花言巧语无端疯狂，
不过是慵懒肉欲万般无聊。
瞎眼俗流称之为爱的情郎，
定睛细看不过是蛊惑混淆：
世人给爱情如此好听头衔，
其实是盲目瘟疫，欢愉遮掩。

14
自弃男儿多么的可怜无助，
空自瞎忙为女人喜怒无常，
为了她放弃自由全然不顾，
迷恋她风情万种蜜语情长！
可知她比风中落叶还轻浮
一日间翻云覆雨变脸无常：
你不爱她追你，爱她却躲逃，
来来去去，犹如拍岸的浪潮。

15
妙龄的女郎全都如出一辙，
或如海水下那暗礁的尖棱，
或如花丛中正当年的花蛇，

---

[1] 指心仪女人的双眼。

陈旧皮囊从身上刚刚褪净[1]。
啊，苦命人是多么可怜没辙，
逆来顺受女人的蛮横矫情！
因为越是完美姣好的脸庞，
越能掩饰虚情假意的心肠。

16

正是用妙龄女子媚眼秋波，
爱神骗取男子汉坦荡胸怀；
一旦迷恋勾魂的甜蜜诱惑[2]，
魂不守舍慌忙将自由抛甩；
情愿灌下迷魂汤爱之莱特[3]，
高贵身世一股脑统统忘怀，
阳刚意志继而被束之高阁，
任由爱神剥夺尽高尚人格。

17

多么惬意呀又多么的自信，
在狩猎中追赶逃逸的蠢货，
远离闹市城池于原始森林，
追踪寻迹去发现猎物巢窝！
享受峡谷丘陵间空气清新，
百花绿草流水的清爽鲜活！
倾听那百鸟歌唱波涛回荡，
在风中轻柔树冠沙沙作响！

---

[1] 比喻容光焕发。
[2] 年轻女子的目光。
[3] 莱特是神话中一条河的名称，据说喝此河水能忘却往事。

18

多么愉快遥望陡峭山坡上，
绿草坪间羊群在寻食充饥；
山民在树荫深处悠闲乘凉，
吹着他那不成曲调的风笛；
放眼望去遍地是丰收景象，
棵棵树上硕果都累累密集；
再看山羊顶角听母牛哞叫，
海洋涌动恰似那无际牧草！

19

忽而看到一粗鲁的牧羊人
为自家羊群敞开羊圈围栏；
然后以柳条为鞭驱赶羊群，
惬意享受细听那声声呼唤[1]。
又见农夫时而用耙子耕耘，
时而用锄头将硬泥块翻转；
再看衣冠不整的赤脚村姑，
在峭壁下她忙着穿梭织布。

20

各族先民全都是这般模样，
今人以为享受了黄金时代；
母亲们还未曾体验那痛伤，
为沙场阵亡的爱子而悲哀；
时人不信生活靠风吹流浪[2]，
壮牛未尝驾辕的辛苦祸害；
茂盛的橡树曾是古人住地，

---

[1] 此处指牧羊人与羊群的默契，能从声音中辨认出每一只羊。
[2] 指扬帆航海的生活。

橡子挂枝头树干流淌蜂蜜 [1]。

21

那时还没有种种罪恶渴求，
冷酷黄金未闯入美好生活；
日子快乐众生都悠闲自由，
无须耕作田地就自然肥沃。
幸运女神却嫉妒人们无忧，
破除陈规让慈悲失魂落魄；
淫荡侵入胸膛，放肆的滥情，
下流之辈却美其名曰爱情。"

22

傲慢青年就这般唇枪舌剑，
不时刺痛那一众苦恋情种，
亦如快乐之人全不知熬煎，
怎能理解他人的悲伤心痛；
眼见可怜情种，被熊熊烈焰，
将五脏六腑尽行烧毁掏空，
他对天怒吼："就该看不起你，
爱神，显灵 [2] 本人才信你神力。"

23

丘比特听到这番真诚抱怨，
不留情面反驳报之以嘲笑：
"那我不是神吗？难道我燃遍
世界的火种全都熄灭烧焦？

---

[1] 这两句诗指想象中先人不用耕作便衣食无忧。
[2] 指恋爱的体验。

我让宙斯在牛群装相障眼 [1]，
菲波 [2] 追得达芙妮 [3] 流泪奔逃，
我把普鲁托 [4] 从地狱拽出去：
难道不都是服从我的规矩？

24

我有能力让猛虎平息怒气，
雄狮罢怒吼恶龙停止呼啸；
什么人如此放肆自以为是，
竟想从天罗地网脱身逃掉？
如今这狂徒如此看我不起，
居然将我与凡人两相比较？
倒要瞧瞧倒霉鬼被爱所获，
怎保全他不受那美眸诱惑。”

25

塞菲罗 [5] 已被美丽鲜花簇绕，
尽吹散山峰顶上皑皑积雪；
小燕子已结束远飞的疲劳，
疲惫地回到了自己的窝穴；
丛林回音隐隐地四面环绕，
黎明时分轻飘飘回荡不绝，
勤劳蜜蜂采蜜于曙光初照，
飞来飞去花丛中拈花惹草。

---

[1] 宙斯曾变成公牛诱惑少女欧罗巴。
[2] 即太阳神菲比斯的意语发音。
[3] 河神的女儿，变成了桂树。
[4] 即冥王普鲁图斯，他从地狱出来抢劫了五谷女神的女儿珀耳塞福涅。
[5] 风神，花神的丈夫。

26

英勇的尤利奥，天刚蒙蒙亮 [1]，

猫头鹰刚返回到岩洞窝中，

就飞身将骄傲的骏马跨上，

带着精选随从向野林树丛

开拔而去（向导带路指方向，

忠实的猎犬紧紧尾随跟从），

他们带足一应的狩猎装配，

弓、绳、叉、箭与号角样样齐备。

27

兴高采烈队伍已包围封锁

阴森浓密丛林，恐怖的气息

惊醒猎物在巢穴惊惶失措；

跟踪气味众猎犬搜索寻觅，

紧封闭各关口布猛犬绳索；

嘈杂音狗吠声越来越紧密，

丛林间呼哨敲击交响重叠，

天空中号角齐鸣震耳不绝。

28

如此气氛使对流冲撞鸣轰，

宙斯抛下闪电从云端高处；

如此雷霆直让人目眩耳聋，

好似倾泻尼罗河奔流如注；

骇人恐怖拉丁血 [2] 也觉凝重，

---

[1] 在古代是打猎的最佳时刻，见荷马史诗《奥德赛》。

[2] 热血沸腾的勇敢者。

地狱阴森^[1]麦哲拉^[2]军号吹呼。

地狱阴森 [1] 麦哲拉 [2] 军号吹呼。
什么动物不惧怕这般怒吼，
什么肚皮不夹起尾巴发抖。

29

整个团队迅速向四下散开：
有人布置张网，有人封关口；
有人手牵狗，有人独往独来，
有人轰走狗，有人却召唤狗，
有人催马田野间驰骋往来，
有人对惊恐野兽严阵把守，
有人爬在树枝上观察眺望，
有人紧握叉，有人剑拔弩张。

30

鬃毛倒竖嘴里还霍霍磨牙，
野猪掉进沟壑；从一个洞窟
跳下了狍子，更见尘土飞扬。
大群马鹿平原上扎堆奔逃；
惊恐中连狐狸也失却狡猾；
遭攻击那野兔更狂奔乱跳；
野兽纷纷从穴中惊慌逃亡；
机警灰狼往密林深处躲藏。

31

猎犬嗅觉也伸向密林深处，
身体再小也能让困兽心惊；
快鹿好似也害怕猎狗神速，

---

[1] 形容令人恐怖。
[2] 复仇女神之一。

野猪似乎也胆战猛犬陷阱。
令人欢心遥看那争相追逐
各队先后放飞的年轻猎鹰；
骏马飞速地在林深处奔驰，
困兽难逃尤利奥跟踪追击 [1]。

32

如白雪下野林中人马怪物 [2]
在佩利奥 [3] 或埃莫 [4] 凶猛狩猎，
从巢穴里将野兽追捕杀戮：
忽而杀熊忽而将雄狮威胁；
野兽越凶越藏身密林深处，
动物各个都吓得血液凝结；
野林颤抖草木都让路躲闪，
否则将被砍伐或横遭涂炭。

33

打猎中的尤利奥多么威武，
披荆斩棘在丛林最深地方。
凶残野兽被赶得藏身无处，
绿色枝丫一圈圈缠绕头上，
乱蓬蓬一头秀发沾满尘土，
汗津津满脸辛苦心情舒畅！
准备就绪在此地对他报复，
最佳时机那爱神牢牢抓住。

---

[1] 此处对人物的描写令人想起维吉尔《埃涅阿斯纪》中的对阿斯卡尼奥的刻画。
[2] 神话中的半人半马。
[3] 希腊色萨利地区东部的山峰。
[4] 巴尔干半岛色雷斯北面的山脉。这两处均为神话传说中半人半马居住的地方。

34

巧手凭空他即兴随意捏造

逼真漂亮俏母鹿高傲身形，

高高额头配一双分杈鹿角，

洁白全身那体态灵巧轻盈。

丧胆群兽反衬出可爱窈窕，

青年猎手唯对它注目专情，

兴冲冲策马上前将它追捕，

憧憬着牺牲它如囊中取物。

35

接着挥臂放出了脱靶箭矢，

忠诚 [1] 宝剑从剑鞘快速抽出，

快马加鞭发疯般追赶奔驰，

密林荆棘犹如是康庄道路。

美丽动物似乎已筋疲力尽，

越来越慢好像是奔跑速度；

眼看就要追上它只差分毫，

无奈拉开距离又一步之遥。

36

越是徒劳追逐那缥缈影像，

越恨不得能将它立即拿下；

紧追不舍疲惫猎物的迹象，

总能追上却总也抓不到它：

犹如水花在坦塔罗斯 [2] 嘴旁，

冥河边美丽果园诱惑着他，

一旦想用水与果解渴充饥，

---

[1] 形容熟悉和顺手。

[2] 神话人物坦塔罗斯，因生前狂妄残暴，死后被判处永远忍受饥饿和焦渴。

顷刻间水与果就无踪无迹。

37

他已紧随心中渴望的猎物，
却远远甩开了自己的同伴，
始终无法离猎物更近一步，
身下坐骑早已经疲惫不堪；
希望渺茫紧跟踪不敢有误，
意外来到绿草坪鲜花烂漫：
但见洁白面纱下脱颖显形
婷婷一少女，猎物却无踪影。

38

那猎物在他眼前销声匿迹，
年轻人在此刻已毫不在乎；
紧勒缰绳反停住奔跑坐骑，
绿茵草坪暂先让爱马驻足。
这里一切都显得绝世神奇，
而他只对那美女打量不住：
只觉得从美丽双眸和脸庞
似暖流一股甜蜜注入心房：

39

就如那以岩洞为穴的母虎[1]，
心爱幼仔被猎手尽行偷窃，
她在伊尔卡尼亚[2]野林追逐，

---

[1] 这一段比喻追击者反遭被追者留下的镜子迷惑而失去追击的宝贵时间，很多白银时期的拉丁诗人都写过，波利齐亚诺特别采用了克劳迪安的版本。这种说法在中世纪关于动物的寓言中也很流行。

[2] 古代波斯一个多森林地区，在里海南边。古代多借此地描写老虎出没的地方。

恨不得双爪沾满仇敌鲜血；
朦胧镜影 [1] 吸引她好奇驻足，
她的虎仔恍惚间若有所觉；
正当她迷恋幻影一刹那间，
傻瓜呀，猎手却已拼命逃远。

40

殊不知丘比特躲在那美眸，
已把攻心暗箭搭上了弓弦，
强劲双臂已拉开射击把手，
从弓的一端满拉到另一端：
左手几乎触及燃烧的箭头，
右手拉弓胸膛碰到了尾端；
呼啸着箭羽离弦刹那之中，
尤利奥觉得内心一阵颤动。

41

怎样的变化啊！年轻后生呀，
肝肠寸断煎熬中火上浇油！
胸膛里那颗心怎样跳动呀！
冷汗流淌将全身都已湿透；
无比羡慕少女那甜美脸颊，
忍不住想凝视那秀丽双眸；
迷人美艳已让他奋不顾身，
可怜的人没察觉促狭爱神。

42

没察觉美眸中爱神的武装，

---

[1] 对着猎手留下迷惑野兽的镜子，母虎好奇自己的影子。

一心要打乱他长久的平静；
没察觉被拴牢在那情结上，
还不知来日遭受苦熬困境；
沉浸在白日梦的痴心妄想，
猎手反陷罗网的尴尬情形：
由衷赞叹那纤手、俏脸、秀发，
无以言表如此的美玉无瑕。

43

佳人纯洁且身着洁白衣衫，
白里透红尽显耀花季青春；
飘逸中金色卷发宛若天仙，
虚掩下高傲额头更显清纯。
丛林微颤似与她亲密无间，
掩饰惊慌她显得静气闲神；
举止端庄透露出温柔几许，
睫毛忽闪能平复狂风暴雨。

44

目光闪烁炫耀着甜美淑静，
那脸庞里丘比特藏身障目；
她周围连空气都愉悦心情，
只一瞥就足令人心生爱慕。
那脸庞美若天仙优雅娴静，
那面色白里透红妙如画出；
似神仙开口风都屏住声息，
让百鸟竞相效仿拉丁语气[1]。

---

[1] 她说话的声音。

45

手拿切特拉 [1]，似塔莉娅 [2] 做派，

若手执标枪，活脱像密涅瓦 [3]；

若是她手持弓箭腰挎箭袋，

敢赌咒她就是纯洁狄亚娜 [4]。

在她面前愤怒不得不退败，

在她面前傲慢也难以挣扎；

温柔贞洁体现得完美无遗，

举手投足都透着典雅秀丽。

46

款步徐行中她将真诚散发，

恰似一把开启孤魂的钥匙；

态轻盈诠释演绎温文尔雅，

看到她方才知道端庄举止。

粗俗灵魂绝不敢直面对她，

痛苦悔恨自知将不免尝试；

在她甜言蜜语温柔鼙笑间，

多少灵魂被爱神肆意摧残。

47

她独自端坐在绿色的草坪，

快乐地编织花环自我打扮；

自然造就的花草述说不清，

似乎把她的衣衫全都画满。

突然间她发觉那青年身影，

---

[1] 一种弹拨乐器。

[2] 司戏剧的缪斯。

[3] 智慧和战争女神。

[4] 月亮和狩猎女神。

略惊慌抬起头暗自细察看；
雪白的手将洁白衣襟提住，
直起的腰把五彩花团显露。

48

已经动身准备好即刻离去，
窈窕淑女草地上款步徐行；
留下了那年轻人不胜唏嘘，
他别无所求只想留住靓影。
难忍受她就这样离他而去，
想挽留不得不开尊口恳请；
只见他全身乱颤欲火中烧，
以至于低声下气南腔北调：

49

"不管你是谁，绝色的美人呀，
凡人还是女神（你绝非凡人）；
如是神，也许是神圣狄亚娜，
如是人，请向我敞开你心扉，
你的美貌远非凡人能及呀；
何德何能得让我蒙此天恩，
得见如此天颜和吉祥星辰，
目睹如此罕见之完美奇珍。"

50

听到话声少女即回转身段，
送出如此醉人的回眸一笑，
直能让山峰移动太阳停转，
真好似突然敞开天堂一角。

继而珍珠罗兰 [1] 间娇声婉转，

能让坚硬顽石也化解融消 [2]；

娓娓道来那话语温柔睿智，

就是塞壬 [3] 听了也柔情蜜意：

51

"不知你眼中的我如何高雅，

我其实不配祭坛牺牲之物 [4]；

在阿尔诺 [5] 河畔埃特鲁利亚 [6]，

我受制于洞房花烛的约束 [7]；

故乡却远在山区利古里亚 [8]，

在大海附近陡峭山坡之处，

周围巨大岩石间可以听到

大海无奈呻吟或汹涌波涛。

52

我经常散步来到这个地方，

独自一人享受着闲暇休息；

在这无人避风港无忧遐想，

独享繁花盛草和清新空气；

且从这里到我家路途不长，

西莫奈塔我在此称心遂意，

乘凉在树荫下和清泉水边，

常常有少女陪伴亲密无间。

[1] 形容唇红齿白。

[2] 原文是能切割大理石，比喻能融化铁石心肠。

[3] 美人鱼，生性残忍，用歌声迷惑航海人让他们葬身大海。

[4] 表示她是凡人。

[5] 穿过佛罗伦萨的河流。

[6] 此处指托斯卡纳地区。

[7] 指她已结婚。此处原文用古代婚俗中新人举着的火把来隐喻她受到合法婚姻之约束。

[8] 意大利西北部的一个大区，西莫奈塔是热那亚（或维纳斯港）人。

53

我时常在闲暇的节日期间，

趁着日常劳作的间歇允许，

来到你们神殿的庄严祭坛，

随俗盛装模仿着本地妇女；

虽然你对我怀着由衷艳羡，

但请你别再对我心存疑虑；

别惊讶天生丽质模样俊俏，

盖因生于维纳斯温柔怀抱[1]。

54

太阳神车轮已经往下旋转，

树林间阴影逐渐拉长变阔；

蟋蟀声音代替唱倦的鸣蝉，

田间农夫也已停止了干活；

房顶烟囱全都冒出了炊烟，

村姑也为男人摆好了餐桌；

我已准备走捷径回转家中，

你也该高兴去找你的随从。"

55

更加笑容可掬地一转秋波，

致使周围天空都为之晴朗，

茵茵草上脚步已缓慢轻挪，

轻风拂柳她身影悠悠情长。

姗姗步履让丛林低声抱怨，

林中百鸟也开始哭泣悲伤；

绿茵一经轻柔的步履踏踩，

---

[1] 此处有两解，或指维纳斯港，或说她生于海边，因为维纳斯生于海上。

呈现出白黄红蓝 [1] 缤纷色彩。

56

尤利奥想怎样？哎呀，他渴望
追随明星却无奈畏惧驻足：
如痴如醉只感觉内心冰凉，
全身血管好似都血液凝固；
大理石般发着呆，一心思量
远去的她全不顾自身痛苦；
由衷地赞美她那天仙步态
和那花枝招展的神仙衣带。

57

心脏好像要从胸膛里跳出，
灵魂好像要从躯体里出窍，
就好比那阳光下滴滴朝露
在哭泣中瞬间就化解融消。
现在他与情人已形同一路，
似乎爱情吸吮他血脉条条；
既怕追随她又渴望见到她，
爱牵着他但羞耻后拽着他。

58

唉，尤利奥你不是伶牙俐齿，
曾经慷慨陈词且言辞犀利
刺痛那些可怜的情种花痴？
怎么你连打猎都没了心思？
如今女人掌握了你的钥匙，

---

[1] 此处色调由浅入深，也暗示着尤利奥对她的爱恋步步升级。

肆意摆布你一切意愿情思；
可怜虫，思念让你寸断肝肠，
想想当初再瞧瞧眼下模样。

59

当初你尤物猎手气盛心高，
现今却反在她的陷阱落下；
当初你自在，而今却被情扰；
你束手无策，当初何其潇洒。
你的自由呢，你的心哪去了？
爱让小女子将你一举拿下。
哎呀，男人怎能如此不自重！
情操命运任爱神随意操纵。

60

夜幕隐去我们眼前的万物，
星空重新笼罩大地于苍茫，
黄莺躲在温柔树冠的帷幕，
吟唱中重复那远古的悲怆；
对这哀怨只有回音 [1] 能感悟，
其他鸟儿早已经停止歌唱；
但见从那辛梅利亚 [2] 峡谷里
千奇百怪的梦魇成群飞起。

61

留在丛林那一众年轻伴侣，
看到星辰已经点燃在天上，

---

[1] 指神话中热恋那耳喀索斯的少女，因被拒绝伤心而死，只留下了回音。
[2] 神话中飞出梦魂的峡谷。根据神话，这是古代北方一个没有太阳而大雾蒙蒙的地方。
　　有作家认为此地居民应是传说中凯尔特人的祖先，也有人认为是日耳曼人的祖先。

听到号令停止了围猎壮举；
每人都快步走向圈套罗网，
拿上猎物就纷纷踏上归旅：
等待机会能尽情吹牛撒谎，
廉价交换着种种荒谬话柄，
又都暗寻尤利奥英俊身影。

62

四下里看不见那亲爱伙伴，
突然间可怕念头令人心惊，
是否猛兽将他的归途阻拦，
横遭不测或其他意外不幸。
众人或燃火把或吹号召唤，
在黑暗的丛林中高呼不停；
呼喊声悠长起伏响彻远方，
"尤利奥"名字在峡谷间回荡。

63

每人都因恐惧而心神不定，
浑身冰冷，只能不停地呼喊；
仰望天空笼罩着黑暗无情，
四顾茫然心焦急望眼欲穿。
"尤利奥"，在旷野中回音不停；
束手无策大家都心烦意乱。
徒劳无功白忙活费时半宿，
踏上归途无奈地暂且罢休。

64

无声地走着，人们心里暗自
仍抱着一线极渺茫的希望，

也许他另辟蹊径出其不意，
没重复同来时走过的地方。
胸中起伏种种设想与猜忌，
内心轮流交替恐惧和希望：
如同活动镜中的反射光束，
闪烁跳跃在厅堂难以捉住[1]。

65

此时那后生已中爱神毒箭，
胸中已排除任何其他念想，
却满怀别样的希望与不安，
独自闷声回到了驻地营房。
此刻他心怀了异样的情感，
默默沉浸在那难抑的惆怅，
与此同时伙伴们忧心忡忡，
千头万绪跨门槛回到宫中。

66

此时呀每个人都羞愧难当，
走过高台阶脚步慢慢悠悠：
就犹如牧人遭遇祸害恶狼，
损失掉牛群里最壮的公牛，
低头回到主人处犹豫彷徨，
迈步进门甚难堪内心愧羞；
人人都摇头叹息难言苦涩，
又各自搜索枯肠开脱己责。

---

[1] 此处指一种戏弄儿童玩的恶作剧，即捕捉镜子反光的影子。

67

但是顷刻就扬起快乐眉宇，
百寻不见那失物竟在眼前：
欣喜若狂如同那重获爱女
阴曹地府塞莱丝 [1] 欢心开颜。
喜出望外大家都欢声笑语，
随着众人尤利奥强装笑脸，
尽全力抑制着内心的煎熬，
脸上却佯装出平和的欢笑。

68

此时爱神之报复其功已定，
踌躇满志飞翔在黑暗天空，
快速回到母亲的神国仙境，
那里挤满众多的年幼弟兄：
在仙界里诸美惠欢快尽兴，
头戴花冠那美神华贵雍容，
这里一切都放纵，花神 [2] 领路，
塞菲罗飞舞绿茵花团锦簇。

69

给我灵感歌唱这温柔圣地，
美丽的埃拉托 [3]，爱神的同根：
贞洁自好你才能在宫殿里
随时面见维纳斯和那爱神；
圣地中只有你配唱爱情诗；
伴你歌咏也经常是那爱神，

---

[1] 五谷女神，其女儿被冥王劫持到了冥界强占为妻。
[2] 根据神话，她是风神塞菲罗的妻子。
[3] 掌管爱情诗的缪斯，其名字（Erato）的词根和爱神（Eros）相近。

他总是从肩上将箭袋取下，
就弹起你那动听的切特拉。

70

明媚山脉在塞浦路斯[1]绵延，
俯瞰浩瀚尼罗的七支分流，
遥看天边第一抹红晕出现，
那里不允许凡人驻足停留。
绿色丘陵山脊间展露容颜，
丘陵脚下大草坪绵延不休，
多情微风花丛中嬉戏掠过，
青青绿草柔顺地摇摆婀娜。

71

金色墙壁环绕着草坪边涯，
根深叶茂树干都笔直光亮，
新嫩树冠绿叶间交错枝丫，
幸福百鸟为爱情纵情歌唱。
能听到絮叨低语开心浪花，
冲刷出两条小溪闪烁清凉，
爱神将甜苦两味烈酒[2]注入，
用金箭头将箭羽逐个套住。

72

永恒花园万木都郁郁葱葱，
朝露白雪从不曾改变容颜；
这里不敢进来那寒冷隆冬，
风也不会将草木吹弯摧残；

[1] 根据希腊神话，维纳斯诞生于此。
[2] 两条泉水并流，一条水苦，一条水甜，暗喻爱情苦乐参半。

这里无四季分别一年之中，
永恒的季节是那欢快春天，
金色的卷发在黎明中散开，
千万朵鲜花是她花环顶戴。

73

小溪边挤满丘比特众兄弟，
一味地折磨捉弄无辜凡人，
大呼小叫孩童般打闹嬉戏，
打磨箭头磐石上锋利如刃。
高兴和执着 [1] 在溪畔上休息，
肩并肩地推转那恐怖石轮，
微弱希望夹带着缥缈渴望，
将清澈溪水洒在粗糙石上。

74

胆小的恐惧与害羞的快意，
强压怒火与平静并肩游荡；
泪水纵横肆意地湿透胸襟，
苦涩小溪因此而泛滥上涨；
吓坏的惨白和惶恐的爱意，
憔悴与挣扎痛苦成双相傍；
机警多疑监视着每条小路，
欢乐却在路中央翩翩起舞。

75

情欲和美艳结伴双双欢狂，
高兴刚脱身就被焦虑取代，

---

[1] 这里和后面的诗节里各种情感都被加以拟人化描述。

盲目错误瞎转悠晕头转向，
狂暴将自己大腿狠狠打拍；
可怜那悔恨已晕倒在地上，
察觉出过失怎奈时不再来，
冷酷得意地注入进血液里，
绝望上吊自杀而气绝身死。

76

无声的欺骗和佯装的笑浪，
做作的姿态和暗送的秋波，
一脸怜悯目不转睛的眼光，
花丛中已为青春布下网罗。
坐在地上托着脸一双手掌，
哭泣尽情发泄着伤心难过；
骄奢淫逸无节制四处飞蹿，
拈花惹草没规矩肆无忌惮。

77

你的孩子就玩着这些把戏，
美丽的维纳斯，众爱神之母。
塞菲罗用露水将草坪打湿，
挥洒着万千芬芳弥漫飞舞；
不管他飞到哪里，田野遍地
立刻披上五彩缤纷的装束；
草坪炫耀着她美貌的艳丽，
白蓝黄红尽显浓淡的相宜。

78

害羞的紫香堇在微微颤颤，
诚实的她羞涩地双眼低垂；

更加快乐爽朗那还得要看

向着太阳敞开胸怀的玫瑰：

那一朵展示着花团的妖艳，

这一朵顶戴着绿色的花蕊，

更有在红花瓣中尽吐芳华，

娇滴滴落下草坪锦上添花。[1]

79

黎明用露水养育群芳绚烂，

黄红白紫各色花尽显风流；

风信子[2]花瓣含着生前苦难，

那耳喀索斯[3]依旧河边自瞅；

他身穿白衣衬着紫色绲边，

淡黄的克丽琪雅[4]向阳转悠；

银莲花[5]向维纳斯哭诉撒娇，

克罗克[6]吐出三舌，莨苕花[7]大笑。

80

新春从未如此装点过草丛，

姹紫嫣红让世界充满活力。

上面有绿色丘陵骄傲高耸，

太阳照不透树冠如此浓密；

下面是茂密枝丫叠叠重重，

遮掩着涓涓流淌叮咚小溪，

---

[1] 有评论家认为这一首的原文是《比武篇》中最完美的一首，堪称意大利语八行诗的典范。迫于押韵，译文中将第五行和第六行两行颠倒。

[2] 希腊神话中美少年雅辛托斯，被嫉妒的塞菲罗暗害后其鲜血变成了风信子。

[3] 希腊神话中顾影自怜的美少年，死后变成了水仙花。

[4] 通译克吕提厄，因为爱太阳而变成向日葵的少女，见奥维德《变形记》。

[5] 维纳斯喜欢的美少年阿多尼斯被野猪咬死，他的鲜血变成了银莲花。

[6] 通译克罗克斯，斯梅拉斯的情人，被变成藏红花，有三个红色花瓣。

[7] 阿波罗爱慕的少女变形而成。

如此清澈平静的透明泉眼，

一眼见底绝对是毫无遮掩。

81

泉水在青石上不断地喷涌，

弯曲悬挂勾画出美丽水帘，

流经花径静悄悄没有响动，

流过痕迹全部都指向泉源，

泉眼之间发出那悦耳叮咚，

回报丛林使树荫凉爽怡然：

慷慨源泉滋养着植物万象，

生机盎然好像在竞相争长。

82

冷杉成长挺拔且光滑无结，

似船帆迎风挑战无边海浪；

圣栎树好像正在溢出蜂蜜，

桂树冠是多么的令人神往；

柏树还在为小鹿流泪哭泣[1]，

多针树冠曾一度柔顺金黄；

海格力斯[2]钟爱的挺拔白杨，

与梧桐比肩嬉戏在水一方。

83

粗壮的苦栎，高大的山毛榉，

多结茱萸树和湿润垂杨柳；

茂盛的榆树，野性的白蜡树，

在风中青松作响惹人注目；

---

[1] 西帕利索斯误伤打死心爱的小鹿而哭泣不止，阿波罗让他变成了柏树。

[2] 即赫拉克勒斯，希腊神话中完成十三件大事的大力英雄。

花白蜡五月编出花环无数，
槭树却从不满足单色纯朴；
棕榈枝柔韧却是强者顶戴，
常春藤倒挂还歪斜如脚崴。

84

新生葡萄藤极尽风发意气，
不同的面貌和不同的衣着：
这株鼓着脸似能撑破表皮，
那株重长出被剪掉的臂膊；
更有编织出饱眼福的藤壁，
拨开茂密藤条唯有阿波罗 [1]，
未长枝叶的低头哭泣不休，
今日泪水将是秋后的美酒 [2]。

85

待放的花苞在微风中晃动，
使周围绿茵平添多彩点缀；
爱神树 [3]，女神 [4] 对它情有独钟，
装点着白色花朵绿色发垂。
这里每个动物都发情躁动；
山羊以角为武器怒目相对，
它们互相冲撞或互相捶击，
只为向俏丽母羊显摆而已。

---

[1] 这句的意思是只有阳光能够照透浓密的葡萄藤。
[2] 将葡萄酿成酒。
[3] 在西方这是蓝莓的美称。
[4] 指维纳斯。

86

丘陵下公牛吼叫扬威耀武，
进行着最惨烈的殊死拼搏，
鲜血淋漓流满了脖颈胸部，
用蹄子向天扬起带草泥坨。
怒不可遏的野猪满身血污，
皱着眉头将远离獠牙磋磨，
嚎叫着抓刨，为了增加蛮力，
粗毛糙皮磨蹭着坚硬树皮。

87

胆小的梅花鹿也互有伤亡，
为着心爱的母鹿狂躁不休；
一身条纹勾画出残暴凶相，
被激怒的老虎正互相群殴；
甩动尾巴眼中喷射出凶光，
猛狮以胸相撞并发出怒吼；
吸引异性那公蛇嘶嘶求偶，
母蛇向太阳吐露三叉舌头。

88

在那马西利亚 [1] 雄狮的身边，
雄鹿抬起蹄子拥抱着新娘；
绿草如茵方显出春意盎然，
两只兔子肩并肩卧在一旁；
迟钝野兔追寻着异性迹线，
不顾猎狗竟斗胆扎堆成行：
遗传的仇恨和天生的畏忌

[1] 古代非洲北部的一个区域，在今天的阿尔及利亚东部。此处泛指非洲。

可全然不顾，只要爱神愿意。

89

无声的鱼儿在成群地游玩，
潺潺的清水在缓慢地流漂，
它们经常在源泉周围旋转，
幸福欢快游出那集体舞蹈；
时而跃出水时而扭动身段，
鱼贯浮出水面一条接一条：
每一动作都像是嬉戏庆典，
水虽冷也扑不灭情欲火焰。

90

树叶间五彩缤纷争鸣百鸟，
新曲调活跃气氛怡人适度，
和谐有序声部间起伏叠交，
如此完美高尚的旋律音符，
困在肉身躯体的人类大脑
无法企及那样的境界高度；
那里爱神为百鸟备下树丛，
任其随意跳跃在枝丫之中。

91

回声在野林旁边飘忽回荡，
树枝将阴影投下朦胧如纱，
麻雀歌唱纵情地忽闪翅膀；
孔雀开屏展示那嵌宝尾巴，
小母鸽亲吻她那深情新郎，
白天鹅引吭岸边回音悠雅；
在那被追求的小野鸽身边，

鹦鹉正婉转学舌情意绵绵[1]。

92

这里丘比特及众长翅兄弟，

射伤人神恶作剧暂时放下，

百无聊赖摆弄着金箭嬉戏，

让众野兽预感到哀嚎惊吓；

塞浦路斯女王[2]常光顾此地，

探望她的孩子，有帕西泰娅[3]

哄她闭上美眸好进入梦乡，

在那鲜花草丛和树林中央。

93

沿着那座丘陵柔顺地蜿蜒，

美丽的山脊，在那万木丛中

托举出金碧辉煌宏伟宫殿，

曾汗颜面对西西里岛烟囱[4]。

三位时序[5]掌管那山顶花园，

甘露琼液浇灌着奇葩异种：

这一枝刚刚显出挺秀茁壮，

那一朵便已朝天开怀绽放。

94

宫门外一棵雪松高大夺目，

宝石般的绿叶金色的果实：

---

[1] 鹦鹉喜欢野鸽的传说见于古罗马普林尼的著作。

[2] 即维纳斯，神话传说她诞生于塞浦路斯。

[3] 美惠女神之一，睡神的妻子。

[4] 暗示建材来自西西里的砖窑及为锻炼制造付出的汗水。

[5] 陪伴维纳斯的三位女神，分别代表三个季节——春季、夏秋（合为一季）、冬季。

那金果曾让阿塔兰塔[1]驻足，
希波墨涅[2]摘取得桂冠绿枝。
在树上菲洛梅拉[3]高歌哭诉，
在树下一众仙女附和仰止；
伊梅内奥[4]经常用悠扬琴声
给舞蹈节拍调整婚礼进程。

95

清新空气吹进这豪华宫楼，
珠宝纯金也随之熠熠生辉，
半夜时分仍显得亮如白昼，
巧夺天工真可谓实至名归。
钻石镶嵌的圆柱托举承受
绿宝石顶，为造它辛苦遭罪，
气喘吁吁苦干在蒙吉贝罗[5]，
斯泰洛佩、布隆提[6]抡锤劳作。

96

周围墙壁亦堪称绝世奇迹，
柔和形成一整圈光亮围栏；
穿透东方蓝宝石精致玻璃
白天阳光照射进宽敞宫殿；
金色屋顶与墙壁顶端合起

---

[1] 希腊神话中阿塔兰塔善跑，她同意和在赛跑中跑赢她的人结婚，输者要被杀死；希波墨涅斯挑战她，跑动中扔下三个维纳斯送的金苹果，好奇的阿塔兰塔因去捡苹果而输掉比赛。

[2] 通译希波墨涅斯。

[3] 即黄莺。根据神话传说，她被姐夫强奸并割除舌头，但是她用刺绣告诉姐姐这件丑闻，后变成了黄莺，姐姐则变成了小燕子。

[4] 即主婚神伊梅内奥斯。

[5] 中世纪埃特纳火山的名称，希腊神话中这里是乌尔康锻造的地方。

[6] 火神乌尔康的两个助手，他们是乌拉诺斯和地母所生的三个独眼巨人中的两位。

完美封闭阻挡住菲波 [1] 光线；
华丽地板用尽了彩石拼图，
神奇画面装饰着华丽内部。

97

每扇大门都色彩万千灵活，
宝石镶嵌画逼真呼之欲出，
任何工艺比之都显得劣拙，
甚至连大自然也自愧不如。
一幅描述切里奥 [2] 年迈体弱
结局之悲惨：但见满怀愤怒
他儿子用那锋利镰刀手刃
父亲靠它传宗接代的命根。

98

大地母亲展身躯逢迎承接，
好像不愿放过每一滴流血，
那血中诞生提坦、复仇女杰
都显得性情残暴如命嗜血；
神态各异来自同一滴精液
是那众多赤裸身体的仙女 [3]，
就像林中敏捷的狩猎佳丽，
她们左右开弓将野兽击毙。

99

爱琴海波涛里特提 [4] 怀抱中

[1] 即太阳神菲比斯。
[2] 即希腊神话中的乌拉诺斯神。
[3] 她们是神话中的欧洲白蜡树精，也被称作梅利亚迪（Meliadi）。
[4] 通译忒提斯，海洋女神，阿喀琉斯之母，也象征着海洋的生育力。

眼见那生殖阳物不加掩藏，
四处漂泊中历尽时光匆匆，
白色泡沫中几度随波漂荡；
快乐轻盈诞生于动荡之中，
成熟少女其美艳国色天香，
好色塞菲罗将她吹向岸边，
那美人站立贝壳自在悠然 [1]。

100

你会说泡沫海水灵动生情，
神龛和微风足能以假乱真；
你看到画中女神目光传情，
周围天空万物都欢快有神；
白衣时序 [2] 踏沙滩步履轻盈，
黎明吹散卷发也自显娇嗔；
她们的长相全都不相上下，
如同胞姐妹几乎相像无差。

101

你发誓浪花中她现身亮相，
那女神右手按住一头秀发，
另一只手遮挡住温柔乳房；
圣洁美丽的脚只轻轻一踏，
绿茵即刻披上了鲜花盛装；
再细看喜庆脸庞艳绝天下，
三位女神迎候她全身赤裸，
繁星斗篷将胴体遮掩包裹。

---

[1] 很可能从这段到第 102 首的描写给了画家波提切利灵感以创作名画《维纳斯的诞生》。

[2] 时序三女神。

102

一位用双手殷勤帮她托住

缠绕潮湿发辫的顶戴花环，

上面闪烁黄金和东方明珠；

一位将珍珠在她耳上戴穿，

另一位将美胸和白肩盖住，

更有饰物繁多的美丽项链；

时序姐妹习惯这颈项装饰，

如此打扮在天上领舞值日。

103

此时好像她们正飞向苍穹，

端庄坐于银色的云彩之上：

你似乎感到了空气在颤动，

坚硬石头里 [1] 发出普天欢畅；

众神都在欣赏美丽的颜容，

希望与她共享艳福的温床：

诸神脸上都显得惊讶不已，

皱着额头各个将眉毛扬起。

104

画面终端显现那铸造神尊 [2]，

锻造打就出悦目棕榈一株；

面带着打铁匠的粗野单纯，

为爱人似乎不惜一切劳苦；

一心渴望嘴对嘴亲吻温存，

热情似火那爱慕掩饰不住：

比起蒙吉贝罗的锻造火焰，

[1] 揭示画面是马赛克彩石拼图。

[2] 火神乌尔康，美神维纳斯的丈夫。

他心里燃烧着更旺的烈焰。

105

另一扇门画着那健壮白牛，
这是宙斯为满足一腔爱恋
背驮着那丰腴的秀色珍馐；
她脸朝着渐行渐远的海岸，
显得惊恐无助，那金发丽秀
迎着疾风散乱地飘荡胸前；
衣裳飘舞，她渴望反转回家，
一手抓牛背，一手牛角紧抓。

106

她蜷缩屈体收起赤裸双脚，
似乎怕海水飞溅弄湿身体：
恐惧和痛苦全都溢于言表，
呼喊着甜蜜伙伴白费力气；
她们还都停留在丛间花草，
人人都为欧罗巴哀伤哭泣。
"欧罗巴"，岸边回荡，"快回来吧"，
公牛划水还不时吻她脚丫。

107

宙斯时而变天鹅，时而金雨，
时而化蛇形，时而装放牧者，
不过是为了满足欲望之举；
只见他雄鹰展翅越过巍峨，
在天籁合唱中，如爱神所许，

飞托着那美少年伽倪墨德 [1]，

他金发上装饰着柏叶顶戴，

赤身裸体只系常春藤腰带。

108

海神变成毛绒山羊在发嗲，

欲望又使他变成公牛模样。

喀戎 [2] 父亲伪扮成一匹种马。

菲波在色萨利 [3] 化身放牧郎，

屈尊栖身在简陋的茅屋下，

他给全世界带来太阳光芒，

竟不顾惜自身伤痛的治疗，

虽然熟知百味草药的疗效。

109

他追逐达芙妮 [4]，似祈求投降，

好像说："姑娘啊你别再逃避，

别玩命奔跑在这荒郊僻壤，

我追你绝对不是想伤害你；

像狮子追鹿或是狼追羔羊，

动物才应躲避自己的天敌；

而你为什么躲我，心爱的佳丽，

爱你才是追你的唯一动机？"

110

另一边是美丽的阿丽亚娜 [5]，

---

[1] 通译伽倪墨德斯，宙斯把他带上天，后成为天上为诸神敬酒的侍从。

[2] 赛特恩为追少女菲丽拉变作一匹马，与她生下半人半马的儿子，即为喀戎。

[3] 希腊地名。

[4] 本是一河神之女，后拒绝阿波罗的追逐求爱，变成了桂树。

[5] 即阿里阿德涅，她被英雄忒修斯抛弃在纳克索斯岛，后来酒神路过这里，娶她为妻。

无声水边心碎为那忒修斯，
海风和睡意双双欺骗了她；
正被吓得瑟瑟发抖，就好似
沼泽里芦苇在微风吹拂下，
她正发出这般的谴责言辞：
"世上没有野兽比你更凶残，
比起你它们对我更有心肝。"

111

上面来辆车，常春藤和葡萄枝
覆盖它，酒神驾驭两只老虎，
足迹深重似沙场留下印迹，
小精灵女酒鬼都乱叫狂呼；
有一人[1]摇晃，余者踉跄不已，
他举桶狂饮，余者大笑不住；
有人用兽角斟酒滥饮失魂，
有人纠缠仙女或满地打滚。

112

驴一样的西莱诺嗜酒如命，
暴露的青筋黑如葡萄原汁，
他正昏昏欲睡如大醉酩酊，
双眼发红醉醺醺鼓胀发痴；
大胆仙女用藤杖驱赶前行
白色的毛驴，他用肿胀手臂
紧抓着驴鬃；随从轰赶着驴，
倒在驴脖上，精灵将他扶举。

---

[1] 即下文的西莱诺，酒神巴库斯的老师。

113

突然看到那普洛塞尔琵娜[1]，

娇生惯养却横遭冥王抢劫；

在一大车上，她散乱的头发

在暧昧的微风中飘扬猎猎；

美丽的身躯紧裹在白衣下，

采摘的花朵四处抛撒丢却：

挣扎着扭动胸脯拼命哭喊，

交替叫喊着母亲和众伙伴。

114

放下了战利品那雄狮毛皮，

海格力斯[2]穿戴着女子裙钗：

他曾经把世界从邪恶暴戾

解放出来，现今为女子[3]听差；

放弃骄傲忍受着爱情奴役，

那肩膀曾把天幕扛将起来；

那手臂曾习惯于挥舞操练

狼牙大棒，而今却穿梭纺线。

115

波利菲莫[4]肩膀上毛糙粗野，

骇人硬发直垂至宽阔胸膛，

橡树阴影洒在粗鄙太阳穴。

羊群吃着草在他周围晃荡，

就连他内心里也煎熬不绝。

---

[1] 即五谷女神塞莱斯的女儿，通译珀耳塞福涅。

[2] 即大力英雄，通译赫拉克勒斯。

[3] 吕狄亚女王翁法勒。

[4] 即波吕斐摩斯，独眼巨人，被英雄俄底修斯扎瞎了唯一的眼睛。

单相思恋隐忍那苦涩情肠，
甚至，悲伤哭泣亦让他憔悴，
在枫树下冷石上呆坐心碎。

116

两耳之间那眉弓过分宽大，
足有六拃怪睫毛粗硬凸起；
硕大鼻子趴在他前额之下，
獠牙似乎总挂着白色沫滴；
狗在他两腿间，胳臂下紧夹
足有百只吹管的沉默风笛：
凝视汹涌大海他嘴里哼唱
乡村野调，晃动大胡子腮帮。

117

你会说她[1]比牛奶更加雪白，
但性格却比母牛还要倔强，
他为她编的花环数不过来，
为她留下的母鹿异常漂亮，
还有能与恶狗搏斗的熊仔；
为了她甘愿憔悴暗自神伤，
他渴望能够学会游泳本领，
好去深海里追她随形如影。

118

两只健硕的海豚拉着滑车：
上面伽拉忒亚紧握着缰绳，
两只海豚喷粗气并肩游弋；

---

[1] 即下文的伽拉忒亚（名字是非常白的意思），波吕斐摩斯爱恋的海洋女神，但遭她拒绝。

众多水仙在周围起舞欢腾；
或口吐咸水或是筋斗翻折，
好像在为爱情而嬉戏发萌；
美丽仙女和一众忠实伙伴，
嘲笑那哼着情歌的倒霉蛋。

119

美丽作品四周有雕刻框饰，
玫瑰蓝莓营造出花团锦簇，
更有百鸟在花间婉转娇啼，
耳中似乎那鸟鸣能听清楚：
如此以假乱真的惊人奇迹，
恐怕连乌尔康[1]也锻造不出；
艺术无须将一切尽行描绘，
头脑想象靠悟性心领神会。

120

这就是维纳斯中意的地方，
美丽的维纳斯，爱神的母亲；
促狭箭手在这里出生成长，
他善变任性而且花样翻新，
天地流水尽情玩弄于股掌，
用情网蒙蔽双眼俘获人心，
貌似甜蜜行为却刻毒得了，
年轻赤裸如背箭袋的小鸟。

121

此时他正展翅飞到了这里，

---

[1] 火神和锻造之神，美神维纳斯的丈夫。

呼扇着翅膀笔直向下降落，
他全身包裹着圣洁的毛羽，
如同鸽子高兴地回到巢窝：
划破长空那噪音回荡不息，
翅膀与空气摩擦激起声波：
这里他收起了凯旋的翅膀，
骄傲地走向他母亲的身旁。

122

看到她衣不遮体坐于床上，
刚刚摆脱了马尔斯的双臂，
那战神反身躺在美神腹上，
对她美丽的脸庞凝视不已：
大把玫瑰飘落在他们身旁，
无数次地唤起绵绵的爱意；
风情万种维纳斯眷恋战神，
将他眼睛额头千万遍亲吻。

123

周围四下众爱神欢聚一旁，
飞来飞去赤裸裸嬉戏打闹：
忽闪扑打卖弄着五彩翅膀，
扇风吹送玫瑰花四下逍遥，
朵朵鲜花箭袋中满满当当，
纷纷下落在床上飘飘摇摇，
翅膀开合吹动着花团云朵，
空中停留片刻就纷纷下落。

124

就像抖落飘下的羽毛一般，

飘荡的玫瑰如此重新落地：
没人舍得离开这迷人场面；
丘比特展双翅出现在这里，
扑向母亲翅膀将爱意点燃。
他气喘吁吁搂住她的脖子，
喜悦溢于言表，先休息片刻，
待喘过气来才能开口启舌。

125

"你从哪来，儿啊，又有什么事由？"
维纳斯边吻他脸颊边说道：
"怎么满头大汗？你让谁蒙羞？
哪个神或人落入你的圈套？
是让宙斯在提洛 [1] 再次装牛？
撒图诺 [2] 佩里奥山林又嘶叫？
无论如何我觉得都非儿戏，
儿呀，你才是我的权能利器。"

---

[1] 古代腓尼基城，在此地宙斯变作公牛诱拐少女欧罗巴。
[2] 即农神赛特恩的意大利语称呼，他在佩里奥山变成马诱惑菲丽拉。

第二章

1

众爱神都想听到他的答案，

团团围住那张金色的温床，

当丘比特投来微笑的双眼，

任性傲慢洋溢放荡的脸上，

他紧拥马尔斯，炽热的爱箭

从箭袋掏出扎入后者胸膛，

用那双沾满了毒汁的嘴唇

亲吻中欲火植入他的灵魂。

2

这才回答母亲："真的很重要，

让我乘兴来到你这儿的理由：

我从狄亚娜队伍 [1] 里开除了

那挑头领队和导师之领袖，

在托斯卡纳可谓家喻户晓，

他的英名堪称直上重霄九，

东起印度帮，西至摩洛 [2] 古地：

他就是尤利奥，劳洛的弟弟。

3

显赫的荣誉和世袭的威望，

有谁不知美第奇名门望族，

---

[1] 指保持贞操没有爱情的冷酷人。

[2] 巨人亚特兰大变成的摩洛哥山，见奥维德《变形记》。

伟人柯西莫 [1]，意大利的荣光

连祖国都将他尊称为国父？

父亲佩特罗 [2] 在那功劳簿上

再添功勋建树，以何等神速

他从祖国大地上驱逐殆尽

罪恶的魔掌和残酷的威淫 [3]？

4

他与名门淑女卢克莱奇娅 [4]

生下劳洛、尤利奥兄弟一双：

劳洛对美貌的卢克莱奇娅 [5]

一往情深，而她却冷若冰霜，

无情甚于罗马卢克莱奇娅 [6]，

甚于色萨利变桂树的女郎 [7]；

她都不屑对劳洛正眼相看，

那明眸中只射出轻视傲慢。

5

我不哀求或埋怨不受待见，

纹丝不动美人如迎风塔楼，

盖因我射给她是无情铅箭，

金箭射中他，悔恨覆水难收；

母亲，我终将会挽救这局面，

让爱情火焰在她胸中燃烧：

[1] 美第奇家族第一位杰出的人物。

[2] 绰号馋嘴，洛伦佐和朱利亚诺的父亲。

[3] 指平息 1466 年卢卡·皮迪的政变，他企图推翻美第奇家族的统治。

[4] 这段出现三位重名女子。此处指佩特罗之妻，姓托纳伯尼，洛伦佐和朱利亚诺的母亲。

[5] 她姓多纳蒂，洛伦佐把 1469 年比武的胜利献给了她，但是她后来嫁为他人妇。

[6] 古罗马时期克拉提努斯之妻，以贞洁出名。

[7] 达芙妮，拒绝太阳神菲比斯的求爱而化作桂树。

我们必须要做出些许补偿，
奖励痴情劳洛的赤诚心肠。

6

至今我还仿佛看到武场中 [1]，
戎装的他和披挂铠甲的马，
犹如口吐火焰的腾飞猛龙，
怒不可遏一路上左砍右杀，
光耀武器犹如那闪电当空，
空气颤抖好似遭雷轰光炸；
凯旋奉献更堪称武士典范，
胜利全部归功于你我神殿。

7

缪斯们早已抱怨苦难种种，
阿波罗也在我这儿牢骚喊冤，
责怪我将他们的诗人 [2] 嘲弄！
难道我没动情听他的诗篇！
我曾看到他在严寒的隆冬，
雪花盖满他肩膀、头发和脸，
他曾对星空月夜扼腕叹息
她、我们及自身的 [3] 命运不济。

8

他让世界传遍我们的赞美，
只讴歌和赞颂爱情的主题；
本应对你马尔斯极尽恭维，

---

[1] 这段讴歌 1469 年 2 月 7 日比武中洛伦佐的表现。
[2] 洛伦佐。
[3] 这里指美人卢克莱奇娅、维纳斯和爱神、洛伦佐自己。

军号武器和贝罗娜[1] 的怒气；
可他偏为我母子大肆吹擂，
讴歌情人[2] 逞才情不遗余力；
母亲，我要让她对情人心慈，
我非铁石，毕竟是你的儿子。

9

我非天生就这般铁面无情，
而是我美丽母亲你的后代；
怎能无动于衷眼看他受刑，
我眼里充满了无限的怜爱。
他已被爱折腾得筋疲力尽，
太长时间屈从我们的虐待：
该让他快点结束唉声叹气，
应对那痴情回馈适宜奖励。

10

英俊尤利奥却对我们忤逆，
只奉献给黛丽娅[3] 他的凯旋，
现如今他追随着长兄足迹，
已在我法力面前服法就范；
对于他我绝不会姑息客气，
直到他获胜后再心慈手软：
通过西莫奈塔那迷人双眸，
我一箭就将他心射中穿透。

---

[1] 罗马神话中的战争女神。

[2] 卢克莱奇娅。

[3] 狄亚娜的另一称呼，意为提洛岛人，因为她与阿波罗孪生于提洛岛。

11

你可不知他那胸膛和手臂，
借助骏马是何等威风抖擞；
我看到他打猎中无穷蛮力，
整个森林好像都吓得发抖；
俊美面庞扭曲得狰狞无比，
凶相毕露好似有大恨深仇。
像我在泰尔梅河 [1] 看到的你
骑着马，同样的凶相，马尔斯。

12

慈祥母亲，这就是我的胜利；
我因付出辛苦而挥汗如雨；
比天还高将是你我的名义，
我们的显赫及自古的荣誉；
永垂不朽刻骨铭心的回忆
是母亲你和爱神我的神谕；
诗歌音乐将永远颂扬情爱，
铭记箭羽、火焰、弓弦和箭袋。"

13

母亲脸上显现得更加愉快，
容光焕发闪耀出红光一片，
能让顽石也变得充满情爱，
而你马尔斯，此时情意绵绵，
那眉宇间朝霞般激情澎湃；
母亲将儿子紧紧搂在怀间，
用手抚摸他满头金色秀发，

---

[1]　土耳其卡帕多西亚的一条小河，古代信奉马尔斯神的地区。

深情地端详着他愉快发话：

14

"漂亮儿子，这愿望深合我意，
愿我俩荣耀不断光大发扬；
愿迷途人 [1] 尽快地回归正义：
正确领导要服从无可商量。
劳洛确实应再回沙场竞技，
新的花环应再次戴在头上；
因为劳苦中美德才显光泽，
就像烈火中真金才见本色。

15

但首先要武装起那尤利奥，
我俩名声才得以传遍世界；
他 [2] 赞颂阿基莱 [3] 的勇武骄傲，
彰显古代世界的高风亮节 [4]，
暂先吟唱我们的诗情格调，
颂扬从古至今的人神情结：
漂亮孩子，我们母子的荣光，
将在星汉灿烂中扶摇直上。

16

你们 [5]，孩子们，向托斯卡纳人
展开凯旋之翼去飞翔乘风，
奋勇向前去划破长空沉闷；

---

[1] 此处有多种解释，可以指尤利奥或者卢克莱奇娅，但更可能是爱神本人将功补过。
[2] 指诗人本人。
[3] 通译阿喀琉斯。
[4] 喻指诗人将《伊利亚特》从希腊文翻译为拉丁文的工作。
[5] 小爱神，丘比特的兄弟们。

都尽快地拿好箭羽和张弓，
往年轻胸膛注入斗志热忱。
儿子们，我要看谁首建头功：
快去射击托斯卡纳的队伍，
金弓将赐予你们中的翘楚。"

17

话音未落众爱神忙取弓箭，
都将箭袋急匆匆斜挎腰上，
恰好似出发号令一经听见，
立刻就解缆划桨奋力出航。
那队伍迅速飞越天际空间，
从城市 [1] 上空迅猛直线下降：
陨石般在晴朗天空中降落，
划破天际恰好似繁星朵朵。

18

高尚灵魂被他们逐一窥测，
一点就燃的确是如火情爱；
在灵魂上众爱神施展对策，
让青年人逐个地激情澎湃。
战神胸膛里斗志昂扬四射，
沙场比武难抑制豪情满怀。
年轻人都无备地昏睡入梦，
梦境中都好像在为爱斗争。

19

就像太阳照亮了双鱼星座 [2]，

---

[1] 指佛罗伦萨。
[2] 指春天来临的三四月间。

整个大地孕育着阳光美德，
待到春来好向外绽放成果，
面向天空展示出嫩绿花萼；
如此这般胸膛中火种降落，
扎根内心愿望将燎原难扼，
永恒荣誉是唯一心中渴望，
青春热血因美德豪情激荡。

20

从灵魂中驱逐走懦弱仓皇 [1]，
虽然迟缓懒惰也终被赶跑；
自由意志逐个遭爱神捆绑，
在棕榈上挣扎着怒吼咆哮。
获得棕榈才是那唯一愿望，
青春雄心颗颗都熊熊燃烧；
昏睡梦境占据的年轻胸怀，
爱情精灵不停歇穿梭往来 [2]。

21

每个人躺下睡觉渐入蒙眬，
就陷入一罗网而失去自己；
如同小蛇潜伏在绿草丛中
悄悄地爬行，或像鱼潜浪底，
骨血之间飞奔着来去匆匆，
激情精灵 [3] 将火种逐一燃起。
但是维纳斯目送着飞翔信使
刚一出发，就盘算新的懿旨。

---

[1] 此处的各种情感也被拟人化。
[2] 意思是说在壮怀激烈的胸膛里小爱神们无法停留，只能到处乱跑。
[3] 这里和下一句的飞翔信使都是指众小爱神。

22

帕西泰娅 [1] 被传唤，睡神之妻，

帕西泰娅，美惠三姐妹之首，

帕西泰娅，比姐妹更具爱心，

论美貌也比姐妹更胜一筹；

维纳斯说道："俊俏仙女，快去，

刻不容缓速去找你那配偶：

让他向英俊尤利奥去托梦

敦促其参加比武英豪尽逞。"

23

这样对她说道；那得令仙女

不迟疑晴朗夜空飞奔直上；

悄无声息在空中滑翔翅羽，

眨眼之间就飞到睡神地方。

那睡神守卫夜车迷迷嘘嘘，

他周围空中梦魂满满当当，

奇形怪状还各个姿态各异，

河流轻风也全都屏息静寂。

24

女神出现在蒙胧睡神面前，

笑容灿烂让睡神眼前一亮：

眼前昏暗顷刻间云开雾散，

无法遮挡光芒的穿透力量。

各种梦魂都惯于乔装打扮，

仙女面前方显出本来模样；

莫菲奥 [2] 等梦魂被她选出来，

[1] 这个名字的本意是放松。

[2] 梦魂之一。

向睡神求借，他刚清醒过来。

25

他清醒过来无暇顾及寒暄，
密授天机给梦魂，立刻返回；
勉强睁开那一双蒙眬睡眼，
昏昏睡意那困倦仍未全退；
飞将出去羽翼都不曾呼扇，
落在仙女身旁，她满意心醉，
被选中梦魂各个俯首听命，
纷纷地变幻全都改换身形。

26

就如同城外待命众多将士，
卸下武装入睡时无畏释怀，
听到号声却立即昂扬斗志，
胸甲头盔全都迅速地穿戴，
宝剑佩戴腰间武装到牙齿，
抓起标枪紧握坚固的盾牌；
如此这般即策马分队开拔，
迅速来到那阵前迎敌旗下。

27

那是黎明即将到来的时刻，
黑暗天空已开始蒙蒙微亮；
已倾斜了伊卡洛[1]星辰战车，
月亮脸庞好像已黯然无光：
天空向英俊尤利奥展示着

---

[1] 即伊卡洛斯，根据神话传说，他死后宙斯将他变成了牧夫星座。

显灵梦境，预言那苦乐情殇；
甜美地进去却苦涩地出来 [1]，
世间鲜有人一生顺利无灾。

28

似看见心仪女郎铁面无情，
一脸的冷若冰霜傲慢残酷，
将爱神丘比特牢牢地绑定
在密涅瓦翠绿的橄榄神树，
一袭白裙配铠甲文武双赢，
纯洁胸前戈耳工 [2] 头像卫护；
尽行拔去爱神的翅膀羽毛，
掰断弓箭他蒙羞尽受耻笑。

29

哀哉，爱神变成了什么模样，
刚出现时还带着满脸欢笑！
失去那高傲敏捷一对翅膀，
一扫凯旋得意那惯有骄傲：
可怜分分尽露出一脸沮丧，
卑微下作不断地大呼小叫，
对尤利奥喊道："我可怜倒霉！
保护我，求求你啦，别受她罪。"

30

梦境当中尤利奥对那爱神
头昏脑涨迟疑地勉强作答：

---

[1] 此处指与西莫奈塔爱情的悲惨结局。
[2] 蛇发女妖美杜莎，看到她的人都变为石头，后被英雄帕修斯杀死。这里指有她图形的盾牌。

"怎么才能救你，慈祥的主人，

她可在帕拉 [1] 铠甲的保护下？

你清楚我哪里有本事容忍

美杜莎那骇人的狰狞面颊，

她头上愤怒毒蛇嘶嘶作响，

那面孔、头盔、标枪闪闪发光。"

31

"尤利奥，抬眼往上看那火焰 [2]，

多像让你目眩的太阳光芒：

她让高贵心灵都激情无限，

将怯弱从胸中尽一扫而光。

貌似凡妇的美人陪伴一边，

获取芳心你终将如愿以偿。

懦弱胆怯拖累你心灵恐惧，

她却保留给你那凯旋棕榈。"

32

丘比特这样说着，光荣女神

带着燃烧的火焰从天而降：

左右陪伴着诗歌历史女神，

光荣照耀下她俩比翼飞翔。

光荣为了那胜利期望成真，

竟将尤利奥粗暴拖进武场，

又将帕拉铠甲从爱人身躯

尽行脱下，只剩下洁白衣裙。

---

[1] 女神密涅瓦的另一个称呼。

[2] 光荣女神。

33

尤利奥穿上那剥下的武装，
容光焕发全身都金光闪耀；
最终他被引入那比武场上，
橄榄枝和桂树枝头上缠绕。
此时欢乐又突然化为哀伤：
眼睁睁被剥夺心爱的珍宝[1]，
但见那女郎裹在悲伤云中，
残酷消失在眼前无影无踪。

34

空中一切都变得黑暗浑噩，
悬崖底部也开始颤抖不息；
天空月亮好像都笼罩血色，
群星纷纷坠落进深渊无底。
后来化身幸运神无比快乐，
女郎高升使世界更加美丽，
尤利奥甘拜她为生命主宰，
也因此他英名将青史永载。

35

晦涩的暗示在年轻人面前
揭示他那未来的多舛命运：
几近完美他一生快乐悠闲，
若未遭遇死神那残酷一吮。
可怎么能违抗命运的大限，
她随意地摆布我们的命运？
献媚或诅咒都将于事无补，

---

[1] 暗喻西莫奈塔的夭折。

任性的她对这些熟视无睹。

36

那么哀声抱怨又何用之有？
即使你泪流满面痛哭流涕，
无法逃脱她主宰人间去留？
凡人力量怎可能与她为敌？
整个世界都被她羽翼左右，
幸运法轮任随她肆意转移？
不在乎命运人才心胸坦荡，
因自身存亡全靠美德保障！

37

啊，不受命运摆布才是真福，
不屈从于命运的无情击打，
犹如礁石在海上中流砥柱，
或狂风大作中的巍然古塔，
挺胸抬头敢与命运相抵触，
时刻警惕那运气急转直下！
只取决于自己只相信自己，
不信宿命反其道掌握运气。

38

轻盈的黎明携带白昼飞来，
驾驭佩伽索 [1] 紧握炽热缰绳；
那曙光睫毛已经照亮尘埃
从恒河东方太阳冉冉高升；

---

[1] 通译珀伽索斯，希腊神话中的飞马，诞生于美杜莎被杀后流出的血液，宙斯把它送
给了黎明女神。

那座埃塔山 [1] 似被金色覆盖，
拉托娜女儿 [2] 隐没匿迹销声；
夜晚冰霜打蔫的鲜花枝条，
朝露晶莹花梗上昂首俏娇。

39

小燕子在窝里边跳来跳去，
放声歌唱新一天欢快迎接，
奇形怪状众梦魂黑色伴旅，
回到洞穴早已经销声匿迹。
怀着那欢快痛苦复杂情绪，
尤利奥醒来环视周围一切：
环视四周暗惊讶非比寻常，
燃烧着爱情和荣誉的渴望。

40

此时他似乎看得分明清楚，
那光荣全副武装展开翅膀，
正召唤勇敢情人参加比武，
"尤利奥，尤利奥！"她呼声洪亮。
似乎听到那军号嘹亮威武，
威武庄严他自己一身戎装；
这样他满腔热血起身立正，
向天空庄严宣誓掷地有声：

41

"圣洁的女神啊，宙斯的女儿 [3]，

---

[1] 希腊色萨利南部的山脉。
[2] 即狄亚娜，此处指月亮。
[3] 密涅瓦，她从宙斯头中生出时就披盔戴甲，因此她是智慧和战争女神。

是你将伊安 [1] 神殿开启关闭，
你有力的右臂维护和行使
对和平与战争的裁判权力；
神圣的贞女，什么样的奇迹
才能将你神威彰显于天地，
愿你让勇敢灵魂为德而战，
特利托尼娅 [2] 赐我美德为伴。

42

不论在你封闭铠甲中看见
让我热恋的她 [3] 那姣好面容，
还是看到那让她与爱无缘
铁面无情美杜莎骇人陋容，
若我头脑因惊恐丧失判断，
愿你保佑我尽快恢复从容。
若爱神与你号召我建功勋，
女神，指点我永恒英名超群。

43

还有燃烧云彩中这位神仙 [4]，
请屈尊向我展示本相尊容，
请排除我心中的一切杂念，
除了爱情我仍然无法抗衡，
你用号角唤起我丹心一片。
让战马在铠甲下勇往前冲，
啊光荣，请保佑我脱颖超群，

---

[1] 通译雅努斯，具有前后两副面孔的神，一面预示战争，一面预示和平。
[2] 密涅瓦的另一个称呼，源自北非的一条河流名。
[3] 西莫奈塔。
[4] 光荣女神。

让我名声能与你比翼腾云。

44

如果我能够，啊慈祥的爱神，
以你的名义与她[1]抗争夺冠，
以力量和智慧下沙场对阵，
如若你被缚梦境真诚言传，
请让我爱慕狂恋一腔热忱，
感化她心生慈悲性情温婉：
论品德我实在是力微量小，
而这女子身价却无比崇高。

45

主人呀，她身价是如此崇高，
眼见你那神力她根本不屑；
爱神，你习惯寄居温柔情操，
就像百鸟儿习惯树上栖歇。
若你肯借我你神明的风骚，
把我抬升到你崇高的境界；
请赐我磨石一般优秀品质，
虽无锋芒却让利器更锋利。

46

与我同在，爱神、密涅瓦、光荣，
你们的火焰燃烧在我胸膛；
保佑我获取那伟大的殊荣，
愿闪耀的全是你们的光芒；
请帮我在史册中落笔浓重，

---

[1] 指西莫奈塔。

永不磨灭铭刻我英名辉煌，
让高傲的她变得恭顺温婉：
你们的旗帜我将赛场挥展。"

伴舞抒情诗选

102

姑娘们，我在一个美丽清晨
置身五月中旬葱郁的花园。

周围满是紫罗兰和蔷薇花，
在青青绿草和艳丽鲜花中，
天蓝、黄、白和朱红交相辉映：
我忍不住动手去采摘它们，
来点缀装扮我满头的金发，
做成花冠拢住飘逸的长发。

待到我用衣角兜满了鲜花，
方才发觉五颜六色的玫瑰；
转而采摘它们充满了怀抱，
因为那花香是如此地芬芳。
我感觉身心已被全然唤醒，
甜蜜憧憬伴随着圣洁欢乐。

此时我凝神注视那些玫瑰：
多么美丽无法对你们形容！
有些正从花苞中怒放出来，
有些略显凋谢有些刚刚开放。
此刻爱神对我说：去摘那些
带刺花枝上最夺目的花朵。

当玫瑰展开所有的花瓣时，
当它最漂亮最惹人喜欢时，
最好将它编入头戴的花冠，

趁着美丽还未及枯萎凋谢。

如此，姑娘们，在盛开的时节，

快去采摘园中美丽的玫瑰。[1]

---

[1] 这一节诗在意境上与唐代杜秋娘的"花开堪折直须折，莫待无花空折枝"有异曲同工之妙。

103

有那么一天我独自一个人 [1]
在漂亮的草坪 [2] 上消磨时光。

我不相信这世上另有花园
能够长出如此芬芳的青草：
在绿茵上停留了一段时间，
方才发觉周围的万千花朵，
白色红色，百种的颜色争艳，
花丛中我听到小鸟的歌唱。

它的歌声是如此温柔婉转，
能让世界都为之心生爱意。[3]
我轻轻地靠近它仔细观察：
看清它那金黄的头和翅膀，
其他羽毛宝石般一片通红，[4]
嘴、脖和胸脯都明澈如水晶。

喜欢之极恨不得将它抓住，
机敏的它迅速地飞向天空，
飞回到它生长栖息的巢穴。
紧跟踪它我行动蹑手蹑脚：
自信略施小计就手到擒来，
只要我能引诱它飞出树林。

---

[1] 对应上一首，这首诗是男子的表白。

[2] 在意大利语中草坪（prato）的发音对应地名普拉托（Prato），即女主人翁伊珀丽塔
的故乡。

[3] 这两句实际上是描写伊珀丽塔动人的歌唱。

[4] 暗喻伊珀丽塔有一头金色的长发，白皙的皮肤和身穿红色的衣服，这些都是文艺复
兴时期女性美的标准。

我本可为它设下天罗地网，
但我看出它过分喜欢歌唱，
什么罗网圈套呀全无必要，
且试试单凭歌声将它捕获。
这就是为什么我也在歌唱：
唱着歌诱捕这美丽的小鸟。 [1]

---

[1] 暗喻追求心爱的女人，让她小鸟依人。

104

这外表上的种种娇嗔怨怼，[1]
夫人，我并不生气，
您心里无怨我就心平气和。

我不确定您是否真心爱我，
只能看眼神去揣摩：
那眼神让我欢喜让我忧伤。
但只要您秋波一转，
我心中就能燃起爱的希望。

但如果我看到您轻蔑不屑，
就感觉痛彻心扉；
我会伤心难过得痛不欲生，
夫人，如何让您开颜：
可知我时刻煎熬在冰火中。[2]

如果看到您显出些许慈悲，
那双眸，下凡的星宿啊，
您都能让顽石为爱情燃烧：
美人发发慈悲吧，
在慈悲中爱情萌发和终结。

---

[1] 这首诗的内容是温柔诗派的主题。
[2] 冰火是冷热的矛盾，彼特拉克用它来形容热恋中的煎熬滋味。

105

我感谢你呀，爱神，

赐予痛苦和折磨，

我已经乐于遍尝各种苦难。

历经的煎熬我也乐在其中，

主人，在你美丽的王国 [1]，

蒙你宽恕，而非我的功劳，

将此重任委托我，

又让我尽情享受

如此温馨的笑容，

我的心被直接带入了天堂。

将我的心直接带入了天堂，

那双微笑的美眸，

爱神呀，我看出你隐藏其中

那火焰熊熊燃烧。

美丽动人的明眸

已把我的心掠去，

你们 [2] 就这样吸取爱之神力？

我曾一度为爱情失魂落魄：

是那位白衣圣女

用她慈爱的笑容拯救了我，

快乐美丽又真诚；

头上装点打扮着

玫瑰花和紫罗兰， [3]

明媚双眼比那阳光更灿烂。

---

[1] 指爱的世界里。

[2] 指美人的双眼。

[3] 这两句也可理解为她面如桃花，唇若涂朱。

106

谁想知道天堂是什么模样，
请看我那伊珀丽塔的双眸。

从伊珀丽塔的明眸里跳出，
身披火焰，一位爱的小天使
在平静心胸点燃干柴烈火，
继而用温柔甜蜜蹂躏心灵，
被折磨致死的心灵还喊着：
"进了天堂我是多么的幸福！"

从伊珀丽塔的眼中流露出
无比自豪骄傲的贞操美德，
我将它比作那宙斯的雷电，
其利断金钻石也不堪一击：
那眼神再从伤口灌入甜蜜，
任谁尝到都感觉飘飘欲仙。

从美人莱翁琪娜[1]的眼睛里
流露出诚实且端庄的愉悦，
在她面前傲慢也低首致意，
她的容颜是如此温柔慈祥，
恰似一把开启孤魂的钥匙；
灵魂由此出窍而遁入天堂。

在她的眼神里蕴藏着美丽
传情和微笑，无不温柔可人；
在她眼里能阅尽种种美妙，

---

[1] 这里用姓氏莱翁奇尼的变音来指伊珀丽塔。

举世无双人世间绝难一见：
不论是谁被她那目光射杀，
再看她一眼就能起死回生。[1]

---

[1] 美色能杀人亦能救人的双重特点寓意苦恋的折磨。

107

爱神你已将我玩弄于股掌，
我被引到普拉多[1]情深意长！

坠入爱河我迷恋一位姑娘，
见她的机会几乎千载难逢，
我费尽了心机也难得一见；
羡慕和嫉妒使我魂不守舍，
收获无望却苦苦痴心等待，
播种田野眼巴巴颗粒无收。

如果有时我企图见她一面，
或是聆听她最拿手的歌曲，
借以平息残酷的胸中欲火，
我又怕分毫差错后果严重。
啊，罪该万死呀塞壬[2]的歌声，
将我骗入险恶的暗礁丛中！

该死的日子呀该死的时刻，
将我引入九死一生的险境！
活该倒霉的我呀，痴迷于那
甜美歌声，就像听到哨音的鸽子！
可怜的我，身陷如此的困境，
无可挽救，我已是动弹不得！

如不是不得已而出发的话，
我恨不得摆脱这悲惨命运；
如不抱希望，我会大声抗议，

---

[1] 伊珀丽塔的故乡。
[2] 希腊神话中以歌声诱杀水手的海妖，这里形容伊珀丽塔歌声令人陶醉的程度。

这牛虻[1]叮咬得我不胜其苦；
如果人生取决于一线的话，
我宁愿亲手把它剪断了事。

豁出去哪怕下场身败名裂，
我更不怕什么艰险或厄运；
咬紧牙关我应去孤注一掷：
人没了希望，也就没了恐惧。
让她看看会怎样奋不顾身，
那遭拒绝痛不欲生的情人。

---

[1] 喻指折磨人的爱情。

108

嗨，你们听着，情人们，
我可真是倒霉透顶：
一个女子把我绑住，
却不耐烦听我哭诉。

一个女人夺走我心；
她不屑要它，又不还我：
给我脖子绕上圈套；
让我疯狂，让我燃烧。
我喊叫，她装聋作哑；
我哭泣，她幸灾乐祸：
不给我疗伤，又不让死，
却让我呀痛苦不堪。

她比太阳美丽得多，
又比蛇蝎冷酷得多：
言谈举止优美动人，
见之欣慰如沐春风。
当她笑起来的时候，
天都为之豁然晴朗：
这位迷人的海妖呀，
用歌声置我于死地。

这是骨头，这是血肉，
这就是心，这就是命：
冷酷的人啊，你要它们何用？
这就是迷失的灵魂：

为何让我伤痕累累，
喝我血液何其贪婪？
这条耳聋的美女蛇，
谁能替我让她销魂？

109

美好的日子呀，美好的时刻，
夫人，从享受甜蜜爱情开始。

我不嫉妒世间任何凡人，
也不嫉妒天上任何神仙，
因为蒙你恩爱，我的心肝呀，
更因为你委身我的怀抱。
哪怕赴汤蹈火在所不惜，
若只临终才能一睹芳容。

世界上没人比我更幸福，
世界上没人比我更满足：
我就像百鸟中的美凤凰，
也像顺风顺水的远航船。
甜蜜温柔让我身心消融，
只要想起称心如意的她。

每当想到那双眸，花容月貌，
我的主人[1] 你让我倍感骄傲，
灵魂径直飞上了天堂圣地，
心似要破胸而出逍遥在外；
我千遍万遍地向爱神感恩，
他片刻间就让我痊愈恢复。

爱神，片刻间让我痊愈恢复，
从漫长的劳役，种种的辛苦；
让我从贱人一跃变成神明，

---

[1] 指心爱的女人。

因此时时刻刻我都要颂扬
你的美名，我还要大声疾呼：
"赞美爱神，你让我心满意足！"

110

女士们，我的心最近已迷茫，
我想象不出它能流落何方。

这颗心曾是多么善解人意，[1]
一个示意它就会温顺从命，
因我用爱之渴望哺育了它，
那女子却用歌声偷走了它，
继而又对它大肆摧残践踏，
它终于不堪虐待离她逃走。

这颗心曾经无比幸福快乐，
混迹在你们中间，众美女们，
因此，姑娘们，我对你们不放心，
虽已不再怀疑你们的母辈。[2]
可你们经常是偷心的窃贼，
我的姑娘们，这是切身体会。

如果你们真有养鹰的本领，
女人们，我会说"随你们养吧"；
可你们却放任它忍饥挨饿，
以致它在笼中拼命地挣扎，
不可避免它将会体无完肤；
任它尖叫，你们都不闻不问。

而后你们喂给它甜言媚眼，
说实话这是糟透了的饮食；
充其量不过能饱眼福而已，

[1] 以下几节诗把恋爱的心比作猎鹰。
[2] 她们已经年老色衰，没有吸引力了。

我看那鹰已饿得半死不活。
女贼们，把它带来；如有异议，
在爱神法庭我将起诉你们。

111

我不否认把全部爱情 [1]
献给了您美丽的容颜，
但我还有更大的愿望，
那就是保护您的名节。

我不否认，夫人，我爱您，
只因害怕流言蜚语，
我都不看您，更哪敢放肆：
总有一些闲言碎语，
胡说八道毫无凭据，
让您成为众口谈资；
说来说去如甜瓜下品，
一样果皮，一种味道。

这些家伙如蜡制人物， [2]
神气活现似吹鼓气球；
点头哈腰百般殷勤，
朝蛹暮蝶 [3] 纨绔打扮，
缨饰垂肩形似顽童，
头梳整齐胸脯挺起，
忽左忽右鞍前马后，
还不时地假装闻花。[4]

浪荡子，干脆说色鬼们，
并不自知想要何物：

[1] 这首诗似乎是为保护女子的名节而在法庭上辩护的证词，原文充满了民间俗话和谚语。
[2] 寓意金玉其表败絮其中。
[3] 比喻衣冠楚楚还不断换装。
[4] 用闻花的动作表示自己怜香惜玉。

眼观六路搜寻猎物，
四方闲逛拈花惹草。
跟你说吧远离他们，
与之厮混没好下场；
因为他们一事无成，
只会吹牛诋毁女人。

而我才是性情中人，
脸色苍白 [1] 就是明证：
若是谁能将我捆绑，
她将清楚我何情深。
若怀疑我别有所爱，
只因我也左顾右盼，
可我却是众里寻她，
她才让我心急如焚。

我祈求您，亲爱的夫人，
真诚无言含情脉脉，
请别对我吝啬不予：
要么是温柔的一瞥，
要么是莞尔的一笑，
我马上就称心满意：
我将准备时时刻刻
捍卫保护您的名节。

---

[1] 过去人们认为脸色苍白是热恋者的体征。

112

我并非你所见的那样，
我的贵妇，这般愚蠢；
你总让我尴尬可笑，
戏弄别人是你专长。
曾经是你掌中玩物，
因能满足你的虚荣；
但你很快厌倦于我，
对我坏笑装腔作势。
亏我很快摆脱情网，
健康活泼如同游鱼：
我也有嘴能反唇相讥，
尽管你现在不以为然。

你尽快去诱惑他人，
只要你吹哨，就有人上当；
燕雀鸟人都别放过，
但是等我你白费功夫。
上帝明鉴，你越是招摇，
就越显得荒唐可笑：
哎，快藏进岩洞中去吧，[1]
别出声音，小心被发现。

所有这些新来蠢货，
无不对你想入非非，
他们让我揭开谜底，
想窥探你真实面目：
如我稍微打开包袱，

---

[1] 在意大利语里，卖弄风骚的女人被比作猫头鹰，所以让她像猫头鹰一样躲进窝里。

就会倒出很多糗事，
他们又会说长论短，
我最好是守口如瓶。

贵妇呀，明说白了吧，
你对每人过分示好，
实际上却一视同仁，
才不管他黑白与否；
劝你最好从一而终
（我才是你最佳人选），
跟其他人说声再见，
从此不再玩世不恭。

113

我知道你望眼欲穿，[1]
爱人呀，你身心憔悴，
也许那期盼的情爱，
总有一天你会尽享。

我很了解你的愿望，
我也知道被你深爱：
几多痛苦几多磨难，
都将如愿得到回报，
你追之人并非无情：
我曾尝过爱之力量；
我非生来麻木无情，
我也有那骨肉凡胎。

你没白白浪费时间，
终有一天达到目的；
耐心等待天时地利，
你将得到慰问安抚。
你将感到无怨无悔，
本就应该爱你所爱，
倾心求爱终有回应：
"坚持吧，上帝成全你！"

有谁能更好地给予
痴情人这般的厚爱？
如果他能矢志不渝，
就为芳心付出代价。

---

[1] 这首诗是心仪女子的心声。

你就这样藏而不露，[1]
继续追求坚持不懈：
肯定有鸟儿主动下来
落入情网，我的情人。[2]

别怨等我遥遥无期，
冤家呀，我不是乌鸦 [3]：
时机一到，我自归来，
我不是那耳聋蚂蚁 [4]，
爱神也绝不是瞎子 [5]，
他能看穿所有心思：
不忍坐视爱之花朵
全得不到阳光雨露。

---

[1] 此举是为了保持女子的名节。
[2] 我会答应你的求爱，满足你的愿望。
[3] 根据《圣经》故事，诺亚从方舟放出乌鸦去打探洪水是否退去，而乌鸦却一去不返。
[4] 暗喻听到了你的呼唤。此处原文是花楸果树上的蚂蚁，听到砍树的声音不逃命反而到树干深处躲避。
[5] 西方谚语说爱情是瞎子，因为不可预测和具有随时发生的偶然性。

114

一个老妇对我调情，
干瘪枯瘦皮包骨头；
皮下之肉所剩无几，
似连蛆虫都难喂饱。

来回碾磨无齿牙龈，
唏嘘吸吮无花果干 [1]，
指望生出吐沫些许，
滋润口中干老纤维；
嘴里充塞若干食物，
颚床沾满残渣剩食；
嘴角挂着麻线零头，
抿嘴揉搓酷似纺线。 [2]

她的气味好似桶中
待鞣皮革，或如死狗，
再或犹如秃鹫 [3] 窝巢：
臭味充盈菜园有余
（你们想象气味何如！），
如从墓穴 [4] 逃出一般；
气喘吁吁咳声不断，
竟还跟我打情骂俏。

鼻子邋遢鼻涕流淌，
看去好似猪油杂烩，

---

[1] 过去民间习俗，嚼无花果以生津。
[2] 纺线动作暗示她以卖身为营生。
[3] 秃鹫以腐尸为食，因而设想其巢穴会散发腐尸的恶臭。
[4] 意大利语用一只脚踏进坟墓来形容人之将死，此处也是说她恶臭如死尸。

弓腰驼背更甚蜗牛：
但见手握大肚酒瓶，
海绵一般贪婪吸吮，
竟还让我与她亲嘴。
我对她喊："滚一边去！"
她仍对我死皮赖脸。

无齿难保老朽灵魂，[1]
颗牙不剩难嚼食物；
两目无光略带微醺，
眼角流脓挂着眼屎。
嗜酒如命开怀痛饮，
酒水流淌直至胸脯；
她的喉咙松弛干瘪，
活脱就像啄食鸟嘴。

双腮挂满条条皱纹，
多似夜空点点繁星；
她的乳房松弛空荡，
看似晃荡蜘蛛垂网。
双腿光秃没有汗毛，
大腹低垂如系围裙；
在我周围兜兜转转，
呷嘴做声甚过骡马。

---

[1] 形容老掉牙的人末日可数般老态龙钟。

115

我这就对你们历数
（听好了，我的女人们）
你们的某些疯狂陋行，
也好从我这儿获得宽恕。

如果你们能更加理智，
去认真对待谈情说爱，
你们会过得更加快乐，
还能保全你们的名节。
求爱的恋人不能总是
披枷戴锁般身不由己，
因为可怜人终被要求
陈述他所隐忍的苦难。[1]

当他发现你用沥青塞住
两只耳朵，他会大声喊叫，
区区小事他都不加隐瞒，
更别说虐死千回的罪过。
你们早就该察觉和发现，
开导解开他痴迷的情结，
指示约会的时间和方式，
给机会与你们倾诉攀谈。

等到拿主意决定之时，
由你们提条件定婚期，
别玩吊胃口的鬼把戏，
结婚亦不必四处张扬。

---

[1] 一旦说出女子的虐待行为将有损她的名声。

更无须在大庭广众下
动手动脚地显摆亲昵：
大型鸣钟虽貌似复杂，
但一次浇铸即可成型。[1]

其他方法也可采用，
假如你们生性多疑：
若是识字，就写情书，
可以解决很多问题，
但有些人故作娇滴，
疑神疑鬼做梦都怕，
一见她们我就来气，
活该纺线孤独终老。

一个女人生性温柔，
自会接受求情谈爱；
初涉人世缺乏自信，
女孩犹豫尚可原谅；
一朝春尽容颜衰老，
咬指叹息悔之晚矣；
因此趁着青春美丽，
你们应该尽享欢乐。

---

[1] 比喻一旦诸事准备妥当，婚事就可以很快圆满举办。

116

我断绝了感情纠葛，
瞬间解除一切心结；
摇身摆脱种种烦恼，
轻松自在快活无忧。

轻浮且善变的女人，
就如那变质的板栗，
外表披着美丽皮囊，
内里尽是腐烂糟糠，
卖弄风情惯于浪笑，
引我落入她的圈套；
一旦将我控制掌握，
开始对我百般折磨。

她套牢我有段时间，
嘴叼樱桃吊我胃口；
但到后来我已习惯，
她即不再对我调情。
曾几何时千娇百媚，
把我引入她的陷阱；
眼看生米煮成熟饭，
她却翻脸喜怒无常。

她的欲望永不满足，
她的招数无穷无尽，
她已令我不胜其烦，
任性傲慢骄矜蛮横；

你竭力向她献殷勤时，
她却跟别人打情骂俏。
够啦，我不能再多说了，
我要收紧私密的口袋。

117

贵妇人，我是只小猪，[1]

虽然整天摇着尾巴，

但它却从来不打结；[2]

你却是一头小蠢驴。

你自以为了解尾巴，

小蠢驴，当你丢了它；

苍蝇叮咬难耐之时，

大喊大叫可别后悔。[3]

鸟儿终会被粘落网，

别看你戏弄那笑料；[4]

树梢顶端的无花果

摘取只需钩子而已。[5]

你高高在上，哪儿瞧得起

碎石间我这下等人，

竟忍心不伸手援救，

眼看着我跌跌撞撞。

撒腿跑吧，曲径通幽，

去攀高枝另求新欢，

一个店主已招呼我，

他正倒出葡萄美酒。[6]

---

[1] 整首诗是民间俏皮话的串联，风雅幽默轻松愉快，这首诗是一篇小小的杰作。

[2] 猪摇着尾巴希望打结却难成功，形象刻画出摇尾乞怜的德行：百般讨好，但却得不到女人的爱。

[3] 哺乳动物多靠尾巴驱赶蚊蝇。

[4] 现在讥笑追求你的人，你早晚也会爱上别人而被人耻笑。

[5] 看似无法高攀的目标，只需小小的工具就能达到目的。

[6] 在文艺复兴时期，葡萄酒有男女之间的性暗示。

你的酒我可不想喝：
把它封存放回原处，
因为那酒杯的边上
总掺杂着龙胆苦味。
我不与你共碗分餐，
因那碗里掺着苦药：
总会有人念我忠诚，
失却良机追悔莫及。

你总哄我说：张张嘴，
却耍弄我张嘴白等；
你取笑我做着鬼脸：
总会有人善待我，
给我的甜蜜，任谁尝过
都会吮吸手指去回味。
跟着她我会日子好过，
像小麻雀被娇惯宠养。

你得意忘形美上了天，
当你耻笑我让我难堪；
但谁戏弄拔我的汗毛，
迟早丢失自己的皮毛。[1]
凝块将让你步履维艰，
虽看上去像一方软土；
我终将野兔寻踪追上，
趁它大大咧咧无防备。[2]

---

[1] 表示遭到应有的报应。

[2] 以上四行诗颇为费解，野兔是指被追求的女人无疑，但是将会得到她还是报复她？
不得而知。

118

女人们，我要教会你们[1]
应如何去待人接物。

男人面前展示风韵，
穿着搭配合乎规范
（尽管没准更加迷人，
若被看到衣冠不整）。
无须过分涂脂抹粉[2]，
别太妖娆，适可而止；
浓妆艳抹一旦过分，
难免令人心生厌恶。

此外在睡床的周围，
女人们，千万别堆放
化妆用的瓶瓶罐罐，
全收起来避人耳目。
头发梳理整齐利索，
如是金发，会更可爱，
即使未及梳理停当
（只要不是故意而为）。

此外应该干净整洁，
我没要求过分打扮；
遮盖缺点恰到好处，
卷发垂肩衣冠华美。
必须要有自知之明，

---

[1] 这是一首类似《女儿经》的说教性长诗，内容几乎是古罗马诗人奥维德《爱的艺术》第三卷的翻版。

[2] 此处原文很夸张，说是用 50 公升踩踏葡萄用的木桶来装化妆品。

脸部适合哪种化妆：
一旦确定适宜面妆，
其他饰品一概淘汰。

竭力显得饶有兴致，
举止得体温文尔雅；
总要自觉面带笑容，
只需注意牙齿清洁：
一旦发出笑声朗朗，
千万把握不失斯文，
节奏音调拿捏适当，
听众才能心旷神怡。

学会一应游戏娱乐，
纸牌、骰子、各类棋艺，
因为游戏利于社交，
通晓小调诗歌童话。
我曾见过大方女子，
歌声婉转销魂动人；
我也见过其他女子，
舞姿翩翩迷倒众人。

学会演奏几种乐器，
似能增添几许美丽：
一经邀请欣然从命，
才能显得待客有礼。
我曾见过交口称赞
某位贵妇娱乐技艺；
而我自己却难容忍
假装羞涩扭捏作态。

自作多情搔首弄姿者，
我一看就恶心得要命；
脾气怪异喜怒无常者，
也讨厌至极难以忍受。
给每人以得体的礼遇，
让每人都因你而高兴：
用你们的社交技艺，
让气氛里充满欢愉。

我不喜欢默默无言的女人，
也不喜欢喋喋不休的女人；
不喜欢目不斜视者，
也不屑乱送秋波者。
芸芸红粉中我青睐
那言谈机敏的女子，
她妙语连珠的机锋，
我自然能心领神会。

行走停留或是坐下，
总要保持姿势优雅：
举手投足眉目传神，
总要显出风情万种；
对所有人笑容可掬，
永不拒绝任何邀请，
小心躲避缠身麻烦，
让每人都满意而别。

一视同仁广交朋友，
不论何处，善待小猫，

甚或是那老鼠家犬 [1]；
永远不做空头许愿：
留给傻女人去做吧！
总要有一知心闺蜜，
好为你去穿针引线，
往来跑腿传递书信。

摆脱远离那些疯子，
甩掉纠缠的追求者；
将他们从家中赶出，
不和他们举杯共饮，
他们今天这里昨天那里，
胸衣带都拴着两个女人：
就像那修锅匠的小毛驴 [2]，
总能顺手偷你几样东西。

与有头脑的男人交往，
他们矜持且老于世故，
一个暗示就心领神会，
他们绝不会暴躁难处。
而我所见喜怒无常者，
一身毛病，且愚笨粗俗，
那些臭无赖，那些白痴，
除了打呵欠一无所能。

还需掌握书写技能，
下笔迅速一挥而就，
熟知掌握复信技巧，

---

[1] 这三种动物喻指最微不足道的人，也可理解为相互之间有矛盾的人。
[2] 过去修锅匠挨门挨户求生意，此处暗示不加挑选地对所有女人都感兴趣。

对答如流滴水不漏。
也许你们还需一招，
密写墨水我来传教，
该是你们应学的本领，
如果确有用武之需。

写作应该颇费心机，
表达夙愿准确含蓄；
说明事理把握分寸，
让那骚客 [1] 逐步就范，
别显得你饥不择食，
没犹豫就投其怀抱；
然后自然水到渠成，
无须过分前奏铺垫。

首当其冲须要牢记，
理应参加一切聚会，
打扮齐整翘盼人群，
这是机会唤醒爱情。
有人不慎踩踏你脚，
保持镇静，千万别吵：
心仪你者，幸甚至哉，
终有机会肢体接触。

的确需要巩固爱情，
控制情绪别太吃醋：
时冷时热拿捏分寸，
别让爱情走火入魔。

---

[1] 原文是喜欢热闹的人，这里指追求者。

快住嘴吧，我的诗歌，

女人谁不诡计多端；

行啦，我的马腿已瘸，

再无力气继续前行。[1]

---

[1] 作者表达的意思是已经不想再说女人的话题了，但是马的隐喻总与性有关。

119

曾几何时，我感到万分沮丧，[1]
心情堪比无能丈夫的妻子。

一点小事[2] 竟花了六天工夫：
小公鸡啄食只是刹那之间。[3]
你做事磨蹭慢得像只蜗牛，
痴心妄想欲高攀屋顶房梁。

那可怜虫攀爬了三年有余，
满心希望无遮拦大功告成：
目标就在眼前，却失身掉下。
乘船时我常遇见这种情形。

我就像那艘航船一路顺风，
但是刚进港口却毁于一旦。
我真后悔追随城里的女人，
从今后我只等顺从的村姑。

---

[1] 这首诗形容求爱者满怀希望地苦苦追求，却一无所获的沮丧心情。
[2] 原文是缝颗扣子。这一节模仿妻子抱怨丈夫的口吻。
[3] 这句诗意思为毁于一旦，前功尽弃。

120

大家都唱，那我也唱，
尽情摇摆，尽情摇摆。[1]

我听腻了种种许愿，
该把酒从桶中取出：[2]
你常让我望眼欲穿，
又总放我两手空空。
呼来唤去如同逗鸡，
又似鳝鱼滑溜难捉；
还喊着"萤火虫，萤火虫，
到我这儿来"，何苦招我？

我苦苦追求，殷勤干活，
渴望尝到一口美酒；
当我以为大功告成，
却似五月圣安东尼奥节。[3]
你带我去村里转悠，
牵着鼻子就像头牛，
风笛鸣鼓一劲吹打，
召唤我来：到此打住吧。
玩捉迷藏若即若离，
已经有人嘲笑我俩，
如还继续这种游戏，
你我将是公众笑柄。
你应知道当断则断，

[1] 形容女人犹豫不决的样子。
[2] 等于到拿主意给准话的时候了。取酒也暗示着该是以身相许的时刻。
[3] 这两句是说迫不及待的心情，因为圣安东尼奥的节日在六月。

爱与犹豫水火不容：
继续游戏还是罢手，
看着办吧，恕不奉陪。

121

我的女人们，你们不知 [1]
我多痛苦如那神父。

从前一位神父，这是真事，
他宰杀了自养的小猪；
你们应知趁着那夜色，
一个农民偷走了小猪，
他竟然是神父的邻居，
还把这事告诉了同乡；
后来那同乡前去忏悔，
把偷猪真相告知神父。

那位神父心中盘算
法庭诉讼惩罚盗贼；
无奈呀，却只能心想，
因是忏悔才知真相。 [2]
面对众人诉苦说道：
"哎呀，我多郁闷难过，
但还不能一吐为快！"
我也痛苦如那神父。 [3]

---

[1] 这是一首绝妙的白话小诗和可爱的乡村民俗速写。
[2] 按照神职规定：忏悔的内容是不可转告他人的，更不能作为法庭证据。
[3] 每一诗节都以韵脚"神父"作为结束。

122

欢迎你五月
和银色的旌旗！[1]

欢迎春天终于到来，
愿天下人相亲相爱；
少女们，请排好队伍，
与爱慕者并肩而行，
玫瑰花朵装扮起来，
争奇斗艳在这五月。

请你们来到树林间，
葱郁清爽沁人心脾。
护花才俊陪伴之下，
所有美人尽被呵护：
就连那野兽和飞禽
也会发情在这五月。

年轻美丽的姑娘们，
别再犹豫扭捏害羞，
岁月流逝不似青草，
春回大地年年又绿；
权且放弃傲慢矜持，
接受求爱在这五月。

我们这支欢乐队伍，
人人尽情载歌载舞：
满腔爱意的情人们，

---

[1] 五月一日在传统上是佛罗伦萨的春节。在这一天人们把发芽的枝条挂在心爱之人的
家门上。这首诗的每一节都以"五月"结束。

为心爱人拼搏比武。
别再看人目光高冷，
会让花儿凋谢在这五月 [1]。

为了赢得姑娘芳心，
爱慕者们纷纷武装：
快投降吧，众美人们，
屈服于你们的情人！
归还被掠去的神魂，
熄火停战在这五月。

有人飞奔另求新欢，
全把爱心献给新人。
但那空中谁在飞翔？
正是那位爱情使者
来与你们联袂欢庆，
姑娘们呀，在这五月。

满面笑容爱神走来，
头上戴着玫瑰蔷薇，
为寻你们辗转到此：
美人们啊，快去迎接。
谁准备好捧献给他
第一束花儿在这五月？

"欢迎你，游荡的神仙！
爱神，你有什么吩咐？"
"愿求爱男儿的头上

---

[1] 这里的"五月"原文是指放在情人家门口的枝条。

戴着美人送的花环，
愿单身汉不论年龄，
终成婚配在这五月。"

123

苦难不幸的命运呀，
好像生命离我而去，
从您那里，明星啊，
我不得不离别而去。
受伤而战栗的心灵，
在爱神前放声哭泣；
心灵像在哀声叹息，
在剧痛中消耗损伤。

我的双眼，你们哭泣吧，
哎，你们紧盯那张俏脸，
美丽双眸尽看个够吧：
哎呀，马上就看不见了！
我可能融化在生命里，
或在哭泣中慢慢死去。
从您身边不得不出发
在剧痛中我身心俱伤。

每个灵魂都在燃烧，
在悲切中难舍难离；
我的心啊，痛苦难熬，
能再见吗？如何见？何日？
怎敌那徒劳的单相思，
泪水中你怎能不憔悴？[1]
怎敌难抑的欲火中烧，
在剧痛中你憔悴神伤？[2]

---

[1] 这里的"你"是指心。
[2] 这首诗虽然没有迭句，但是每节最后一句几乎是迭句，在剧痛中消耗损伤心、我、你。

124

爱神将永远不会说
我没做到忠贞不渝：
如果你，夫人，冷酷无情，
追求你的我没有过错。

不存在更严重的罪过，
或让上帝更不快的事，
比忘恩负义更加可恶，
就像现在我眼中的你。
谁都知道有几度春秋，
我对你痴情苦等至今：
如你对我仍无动于衷，
那真够得上大逆不道。

可爱的姑娘，我只求
你能对我以诚相待，
我深知一味地强求，
最终只能一无所获。
我只有唯一的请求，
就是对我温柔以待，
我不只看中你的美貌，
我更在乎你忠诚真心。

从今往后呀，我的性命
由你掌控，美丽的夫人，
我的身心如罗盘指针，
你就是我的北斗明星。

以丘比特和爱的弓、箭
三者名义我庄严宣誓：
纯真爱情我尽交予你，
你将是我永远的主人。